明诗衰落原因述论

邹祖尧 著

黄山书社

目　录

自　序

明朝三百年，诗人众多，诗作亦众多。清初朱彝尊《明诗综》中收录明代诗人三千四百余，清末陈田《明诗纪事》有意补《明诗综》阙漏，所录诗家已近四千，远逾《全唐诗》中二千二百余唐代诗人（康熙《御制全唐诗序》云："得诗四万八千九百余首，凡二千二百余人。"）。而明诗数量则更甚，始于上个世纪八十年代、由已故复旦大学教授章培恒先生主编的《全明诗》至今仍未告罄，预计全书编成后，总册数超过二百，总字数超过一亿（戴衍《跨世纪的古籍整理工程——全明诗》刊于《中国典籍与文化》1997 年第 1 期），真可谓气势恢宏、洋洋大观者也。然而，明诗之质量却不堪与其数量形成正比，且恰恰相反，明朝诗歌衰落、明朝诗坛萎靡几已成共识。只明人自己不以为然。明人一向崇唐抑宋。明人以为，明诗至少应该超过了宋诗：

> 予谓明诗过于宋，季迪惜不永年，倘逞其所至，岂仅及东坡哉！中叶之空同、大复，末季之大樽、松圆，皆宋人所未有。宋人自苏、黄、陆三家外，绝无能自立者。明人若青田、西涯、子业、君采、昌谷、子安、子循、沧溟、弇州、梦山、茂秦、子相、石仓、牧斋，皆卓然成家，即孟载之风华，亦高于昆体；中郎之隽趣，尚永于江湖。（清·李慈铭《越缦堂读书记》引明人高棅《唐诗品汇》中语）
>
> 后唐而诗衰莫如宋，有出于中晚之下；后唐而诗盛莫如明，亦无加于初盛之上。（明·胡震亨《唐音癸签·卷十一》）

“明诗过于宋”，“后唐而诗盛莫如明”，明人可谓振振有词、言之凿凿，然在后人眼里，明诗欲与宋诗相颉颃亦殊难矣：

> 明人是看不起宋诗的，但明诗之不及宋诗，也是始终所公认的，如欧阳修、梅尧臣、王安石、苏轼、黄庭坚、陈师道、陈与义、陆游那样的诗人，在明人中就找不到。不管怎么样，三百年天下中，毕竟还有大批诗人在努力着，当着国家多故之际，又以士人的天职抒其忧患之情，而明代诗学论争之纷纭，也是前代所未有的。（金性尧《明诗三百首·前言》上海古籍出版社 1995 年版）

“明诗之不及宋诗，也是始终所公认的”，此语亦的确是后人的共识；“毕竟”一词，略可看出金性尧先生于明诗显然饱含深情，然亦透出许多的无奈和惋惜；而“明代诗学论争之纷纭，也是前代所未有的”之语，当可看出金先生于此还是持肯定态度的。换言之，金先生虽以为明诗不及于宋诗，“而明代诗学论争之纷纭”，还是略胜宋人一筹的。然而，到了闻一多先生眼里，金先生以为“略胜宋人一筹”之处亦即化为泡影耳：

> 从西周到宋，我们这大半部文学史，实质上只是一部诗史，但是诗的发展到北宋实际也就完了。南宋的词已经是强弩之末。就诗本身说，连尤、杨、范、陆和稍后的元遗山似乎都是多余的，重复的，以后的更不必提了。我们只觉得明清两代关于诗的那许多运动和争论，都是无味的挣扎。每一度挣扎的失败，无非重新证实一遍那挣扎的徒劳无益而已。（闻一多《闻一多全集》三联书店 1982 年版）

闻先生不仅以为“诗的发展到北宋实际也就完了”，且以为“明清两代关于诗的那许多运动和争论，都是无味的挣扎”，几无任何意义。金先生与闻先生孰是孰非乎？且搁下不论，惟明诗如果只是逊于宋诗，则明诗亦应时有可观者也，然事实恰恰不然，明诗去宋诗简直不可以道里计也：

> 整个说来，宋诗的成就在元诗、明诗之上，也超过了清诗。我们可以夸奖这个成就，但是无须夸张、夸大它。（钱钟书《宋诗选注·序》三联书店2002年版）

钱钟书先生没有夸张，亦没有夸大，惟举重若轻地厘定了自宋至清的诗歌排列座次：宋诗居首，清诗次之，元诗再次，明诗居末也。钱先生之论，可谓定论也。

当然，明朝诗坛衰落、明诗成就低微，乃是就整体而言之。明诗整体水平低下，亦并非断言明代绝无优秀诗人或优秀诗作也。朝鲜诗家南龙翼在其所著《壶谷诗评》中有云：“明诗格不及于唐，情不及于宋，惟以音响自高，观者多病焉，而其中亦有奇杰可取者存焉。”（《域外诗话珍本丛书》国家图书馆出版社2006年版）“观者多病焉”自然是事实，而南氏所谓“亦有奇杰可取者存焉”，亦明代尚有优秀诗人或优秀诗作之谓也。而实际上，自古至今，对明诗成就大加褒扬者虽为数寥寥，然亦不乏名家：

> 自《三百篇》以迄于今，诗歌之道，无虑三变：一盛于汉，再盛于唐，又再盛于明。典午创变，至于梁、陈极矣，唐人出而声律大宏。大历积衰，至于元、宋极矣，明风启而制作大备。（明·胡应麟《诗薮》）

虽胡氏所谓“明风启而制作大备”之语实有不知所云之嫌，然其将明诗与汉诗和唐诗并列，评价亦不可谓不高也。前人如此，今人亦有作如是观者：

> 综观有明来三百年的诗史，诗杰迭出，流派踵兴，各有其面貌，各有其精神，各有其艺术上的戛戛独造。特别是它那探索诗美的执着精神，贴近生活的现实题材，开拓有清一代诗风的光辉业绩，足以陵宋跞元而驾清，绝不是“复古”、“模拟”一类的贬语所能抹煞得了的。明诗声誉的江河日下，并非历代的论者万喙一声、同然一辞，主要是贵耳贱目、贵远贱近的世俗偏见所造成的。（羊春秋《重估明代诗歌的价值》刊于《中国韵文学刊》1994 年第 2 期）

羊先生于明诗略可谓情有独钟者也，虽明诗“探索诗美的执着精神，贴近生活的现实题材，开拓有清一代诗风的光辉业绩”诸语实难令众人苟同，然直言“明诗声誉”“江河日下”，是故历代论者“万喙一声、同然一辞”云云，实亦道出明诗衰落之实情实况也。

诚然，“历代的论者”于明诗之态度，贬之者着实远逾于褒之者，其中，似以当代词学大师龙榆生先生于明诗的贬斥态度最为决绝：

> 明诗专尚摹拟，鲜能自立。一代文人之才力，趋新者争向散曲方面发展；守旧者则互相标榜，高谈复古以自鸣高；转致汩没性灵，束缚才思；末流竞相剽窃，丧其自我。明诗喜言盛唐，乃不免化神奇为臭腐；又多立门户，以相攻击；作者虽多，要为诗歌史上之一大厄运已！（《中国韵文史》上海古籍出版社 2002 年版）

龙先生以“诗歌史上之一大厄运”来总体评价明诗的文学价值和艺术成就，用语不可谓不老辣也，然龙先生所言，亦乃不争之事实：明诗三百年，前不如宋诗，后逊于清诗，竟亦不如元诗也，岂非中国诗史上之“一大厄运”乎？

呜呼！虽然“凡一代有一代之文学，楚之骚，汉之赋，六代之骈语，唐之诗，宋之词，元之曲，皆所谓一代之文学，而后世莫能继焉”（王国维《宋元戏曲考·序》），明代亦足以其戏曲、小说堪称为“一代之文学”，然煌煌三百年大明诗坛，竟至衰落为清诗、元诗之后而沦落为历代论者“万喙一声、同然一辞”以斥之，个中缘由亦足以令后人深思而慎思之也。深思以时世，慎思以人事，裨莫大焉。

前贤及时贤于此多有思焉，然所思似失之于零碎。笔者不惴浅陋，意欲将诸贤所思盘点之、梳理之，且串之以为竹帛，亦不自量力而为之耳。

是为序。

第一论　统治者群体昏聩，是明诗衰落的首要原因

文学和政治的关系总是千丝万缕的。自曹丕在《典论·论文》中提出“盖文章，经国之大业，不朽之盛事”之后，文学似乎就永远地镌刻上了政治的烙印。而实际上，早在曹丕之前，各种典籍中就已经出现了关于文学和政治关系的论述。如《礼记·乐记》有云：

治世之音安以乐，其政和。乱世之音怨以怒，其政乖。亡国之音哀以思，其民困。声音之道与政通矣。

这里虽说的是“声音之道与政通矣”，而文学也不能例外，文学“之道”自也会“与政通矣”。《毛诗序》在论及“诗经六义”的内涵时把文学（诗歌）与政治的关系阐述得更加明确、更加详细：

故诗有六义焉：一曰风，二曰赋，三曰比，四曰兴，五曰雅，六曰颂，上以风化下，下以风刺上，主文而谲谏，言之者无罪，闻之者足以戒，故曰风。至于王道衰，礼义废，政教失，国异政，家殊俗，而变风变雅作矣。国史明乎得失之迹，伤人伦之废，哀刑政之苛，吟咏情性，以风其上，达于事变而怀其旧

俗也。故变风发乎情,止乎礼义。发乎情,民之性也;止乎礼义,先王之泽也。是以一国之事,系一人之本,谓之风;言天下之事,形四方之风,谓之雅。雅者,正也,言王政之所由废兴也。政有大小,故有小雅焉,有大雅焉。颂者,美盛德之形容,以其成功告于神明者也。是谓四始,诗之至也。(《毛诗·大序》)

“风、雅、颂”皆与“天下之事”和“王政之所由废兴”相关,文学(诗歌)与政治的关系可谓紧密相连、割之不断也。其中“上以风化下,下以风刺上”及“以风其上”诸句中的“上”字,又显然指的是一个时代的最高统治者。也就是说,文学与政治间的密切关系,从本质上来说就是文学与最高统治者之间的关系。或言之,一个时代的最高统治者亦往往很看重文学的社会政治作用。如汉武帝刘彻创立乐府机构,以著名音乐家李延年为协律都尉,大规模采集民间歌谣,“于是有赵、代之讴,秦、楚之风,皆感于哀乐,缘事而发,亦可以观风俗、知厚薄云”(《汉书·艺文志》),就是一个明显的例证。

南朝的刘勰继承并发展了《礼记》和《毛诗序》中有关文学和政治关系的理论。其《文心雕龙·时序》开篇即云:

时运交移,质文代变,古今情理,如可言乎?昔在陶唐,德盛化钧,野老吐“何力”之谈,郊童含“不识”之歌。有虞继作,政阜民暇,薰风咏于元后,“烂云”歌于列臣。尽其美者何？乃心乐而声泰也。至大禹敷土，九序咏功，成汤圣敬，“猗欤”作颂。逮姬文之德盛，《周南》勤而不怨；大王之化淳，《邠风》乐而不淫。幽厉昏而《板》、《荡》怒，平王微而《黍离》哀。故知歌谣文理，与世推移，风动于上，而波震于下者也。

这是刘勰对上古历史文化中的诗歌（文学）现象与社会政治之间关系的最初始、最直接的理论表述。在刘勰看来，唐尧时“德盛化钧”，才有了“何力”之谈和“不识”之歌；虞舜时“政阜民暇”，才产生了“南风歌”和“卿云歌”；大禹治水益民，商汤圣明恭敬，才出现了世间歌颂之词；周文王、周太王道德高尚、教化普及，“周南民歌”才会“勤而不怨”、“邠风民歌”才会“乐而不淫”。这是社会政治（最高统治者）对诗歌（文学）的正能量影响。反能量影响自然亦有，即“幽厉昏而《板》、《荡》怒，平王微而《黍离》哀”是也。刘勰得出的结论是：“歌谣文理，与世推移，风动于上，而波震于下者也。”这里的“上”和“下”与《毛诗序》里“上以风化下，下以风刺上”中的“上”和“下”应该是近意或同意的。也就是说，刘勰以为，社会政治因素对文学的重要影响因子主要就体现为一个时代的最高统治者。

实际上，刘勰在《文心雕龙·时序》篇里把最高统治者对文学（诗歌）的影响力讲述得非常清楚、非常通透。他例举了自上古时代至南朝期间几乎所有统治者对文学的各种影响情形。以西汉为例，刘勰对西汉几代统治者各自不同的文学态度从而导致形成的各个不同的时代文学风气作了如下论述和评价：

> 爰至有汉，运接燔书，高祖尚武，戏儒简学。虽礼律草创，《诗》、《书》未遑，然《大风》、《鸿鹄》之歌，亦天纵之英作也。施及孝惠，迄于文景，经术颇兴，而辞人勿用，贾谊抑而邹枚沉，亦可知已。逮孝武崇儒，润色鸿业，礼乐争辉，辞藻竞骛：柏梁展朝宴之诗，金堤制恤民之咏，征枚乘以蒲轮，申主父以鼎食，擢公孙之对策，叹倪宽之拟奏，买臣负薪而衣锦，相如涤器而被绣。于是史迁寿王之徒，严终枚皋之属，应对固无方，篇章亦不匮，遗风馀采，莫与比盛。

在刘勰看来，汉高祖刘邦虽然写出了“天纵之英作”的《大风》和《鸿鹄》之歌，然而因其“戏儒简学”，缺乏对文学的足够重视，故而西汉初期亦实难看到蒸蒸日上的文坛盛况；及至孝武帝刘彻即位，始尊儒学，“润色鸿业”，因而带来了“礼乐争辉，辞藻竞骛”的文学繁荣局面，涌现出了枚乘、司马相如、司马迁等一大批优秀的文学人才，一时“遗风馀采，莫与比盛”，盛况空前。

再以建安时代为例，《文心雕龙·时序》有云：

> 自献帝播迁，文学蓬转，建安之末，区宇方辑。魏武以相王之尊，雅爱诗章；文帝以副君之重，妙善辞赋；陈思以公子之豪，下笔琳琅；并体貌英逸，故俊才云蒸。仲宣委质于汉南，孔璋归命于河北，伟长从宦于青土，公干徇质于海隅；德

琏综其斐然之思;元瑜展其翩翩之乐。文蔚、休伯之俦,于叔、德祖之侣,傲雅觞豆之前,雍容衽席之上,洒笔以成酣歌,和墨以藉谈笑。观其时文,雅好慷慨,良由世积乱离,风衰俗怨,并志深而笔长,故梗概而多气也。

刘勰认为,之所以会出现一个“彬彬之盛,大备于时”(钟嵘《诗品》中语,语曰:“降及建安,曹公父子笃好斯文,平原兄弟郁为文栋,刘桢王粲为其羽翼。次有攀龙托凤,自致于属车者,盖将百计。彬彬之盛,大备于时矣。”钟嵘之语实亦为刘勰之语佐证焉)的建安文学现象,其主要的劳绩当归功于彼时的实际统治者曹操父子。曹操“以相王之尊,雅爱诗章”,曹丕“以副君之重,妙善辞赋”,曹植“以公子之豪,下笔琳琅”,故一时“俊才云蒸”,王粲、陈琳、徐干、刘祯等“建安七子”纷纷聚拢,与“三曹”交互辉映,从而造就了一番“志深而笔长”、“梗概而多气”的欣欣向荣的建安文学局面。

综上而言之,刘勰的文学发展观是:一个时代的最高统治者的禀性爱好及政治风教对一个时代的文学现象和文学盛衰往往起着重大的、决定性的作用。虽然,从今天的角度来分析,从科学的角度来考量,刘勰此论未免有些偏颇,因为一个时代文学盛衰的原因除了政治因素影响之外,尚有社会经济的状况、作者的创作个性及文学的独立性等诸多因素的综合影响,且从本质上来说,文学也绝对不是什么政治教化的附庸,但是,毋庸讳言,若把中国古代文学纳入到中国古代封建社会政治的基本特征之中去探究分析则不难发见，中国的封建统治者在时代文学的发展变化之中亦确实是起到了一种至关重要的作用。因为中国古代的封建社会制度不同于欧洲的封建社会制度，中国封建社会政治的基本特征就是高度中央集权的封建君主专制制度，这种君主专制制度简言之便是“皇权至上”四个字。在“皇权至上”的中国封建社会里，最高统治者的个人意志和政治教化可谓无所不能、无处不在，这“无所不能”就是对一个时代的“重大的、决定性的”影响作用，这“无处不在”之中自然也就包含了文学。从这个意义上来说，文学的风气和兴衰受到最高统治者个人意志的巨大影响自然也就变得毫无疑义的了。刘勰《文心雕龙·时序》篇中所言“风动于上，而波震于下者”，此谓也。

而实际情况是，历朝历代，几乎都不难发现与刘勰有着相同或相类的文学发展观。如北宋诗人宋祁在其《新唐书·列传·文艺》篇中有云：

> 唐有天下三百年，文章无虑三变。高祖、太宗，大难始夷，沿江左余风，絺句绘章，揣合低卬，故王、杨为之伯。玄宗好经术，群臣稍厌雕瑑，索理致，崇雅黜浮，气益雄浑，则燕、许擅其宗。

宋祁所言乃初、盛唐时期的文学现象，然其本质依然是最高统治者的喜好和禀性对文学所产生的巨大影响。无独有偶，清初“散文三大家”之一的汪琬对唐代文学也有过与宋祁类似的评述：

当其盛也,人主厉精于上,宰臣百执趋事尽言于下;政清刑简,人气和平。故其发之于诗率皆从容而尔雅。读者以为正,作者不自知其正也。及其既衰,在朝则朋党之相讦,在野则戎马之交讧;政繁刑苛,人气愁苦。故其所发又皆哀思促节者为多。最下则浮且靡。(《尧峰文钞·唐诗正序》)

汪琬这里评述的是唐诗的发展变化,而这种发展变化同样与唐朝的最高统治者息息相关。美国著名华裔学者刘若愚称汪琬的这段文字"是中国文学批评中所能发现的、关于文学是当代政治和社会情况之不自觉的显示这种理论的最明白的说明"(刘若愚《中国文学理论》)。而这"最明白的说明",其主旨说的还是政治和文学的关系,亦即最高统治者对一个时代及一个时代文学的无可替代的影响力:所谓"人主厉精于上","故其发之于诗率皆从容而尔雅"也;"及其既衰","故其所发又皆哀思促节者为多"也。统治者的这种无可替代的影响力,虽然还不能完全决定一个时代文学的发展嬗变和盛衰走向,但它毫无疑问地成为了影响一个时代文学发展和兴衰诸多因素之中的首当其冲的原因。

比较而言,统治者对文学的直接影响主要是表现在统治者的身体力行方面。一般来说,统治者若大力提倡文学,则其时代的文学局面就会十分繁荣,反过来,若统治者对待文学的态度很是消极,则其时代的文学局面就会相应衰落。刘勰的《文心雕龙·时序》篇有云:

春秋以后，角战英雄，《六经》泥蟠，百家飙骇。方是时也，韩魏力政，燕赵任权，五蠹六虱，严于秦令，唯齐楚两国，颇有文学；齐开庄衢之第，楚广兰台之宫，孟轲宾馆，荀卿宰邑，故稷下扇其清风，兰陵郁其茂俗，邹子以谈天飞誉，驺奭以雕龙驰响，屈平联藻于日月，宋玉交彩于风云。观其艳说，则笼罩《雅》《颂》。故知暐烨之奇意，出乎纵横之诡俗也。

刘勰以为，战国七雄时期，除了齐、楚两国之外，其余五国文坛一概凋零，原因何在？刘勰的观点是，乃“韩魏力政，燕赵任权，五蠹六虱，严于秦令”是也，唯“齐开庄衢之第，楚广兰台之宫”，是故“齐楚两国，颇有文学”也。刘勰所论倒也是实情。

南朝梁人萧子显所著《齐书·王俭传》中载云：

宋武帝好文章，天下悉以文采相尚。

这里的“宋武帝”，便是号称“南朝第一帝”的刘裕。唐人李延寿所撰《南史·临川王义庆传》中载云：

上好为文章，自谓人莫能及。

这里的“上”指的是南朝宋代的第三位皇帝刘义隆，他曾开创了“元嘉之治”，使得刘裕创立的南朝宋达到了鼎盛时期。宋人司马光主编的《资治通鉴·齐纪二》中载云：

> 自宋世祖好文章，士大夫悉以文章相尚，无以专经为业者。

这里的“宋世祖”即南朝宋代的第五位皇帝刘骏。综上述之，刘骏、刘义隆也好，刘裕也罢，皆为“好文章”之人，于是“天下”“士大夫”“悉以文采相尚”，所以整个南朝时期的文学自宋代开始便呈现出一片异常繁荣的景象也就是理所当然的事情了。统治者对待文学的态度与时代文学的兴衰关系由此可见一斑也。唐人刘肃在其《大唐新语》一书中引证初唐文臣虞世南劝谏唐太宗李世民不要写作艳诗时所言“上之所好，下必随之。此文一出，恐致风靡”一句，则更是明白无误地道出了最高统治者的喜好和提倡对文学（诗歌）的影响力有何等地直接和重大了。

古人有此论，今人亦有然。现当代词学大家胡云翼先生曾将“君主的提倡”列为“宋诗的发达”的首要原因，并明确指出：

> 历代文学发达，与君主的提倡都是有很深的关系。如汉赋、唐诗都是受了政治的特别提携，才得格外发展。宋代虽不是诗的时期，然那些帝王都有些诗癖，竭力奖励提倡于上，一般文人为了升官发财起见，自然风靡于下。（《宋诗研究》）

“帝王”“奖励提倡于上”，“文人”“自然风靡于下”，亦刘勰所言“风动于上，而波震于下者也”。胡云翼先生在这里用了“诗癖”一词，要之，此二字与“好文章”三字亦大同小异也，唯“诗”包含在“文章”之中耳。稍稍琢磨之，“诗癖”应当大致包含两个层面的意思，一是喜好阅读诗歌，二是喜好写作诗歌。稍稍延伸之，阅读诗歌也好，写作诗歌也罢，都必须具备一个不可或缺的前提，这前提就是，统治者自己必须具有相应或相当的文化知识基础。不然，“诗癖”之“癖”也就无从谈起了。

然而，纵观有明一朝的统治者群落，其群体和个体当中最为或缺的，似乎恰恰就是他们的文化知识水平。有学者论说，明代君主恐怕是中国历史上除蒙元皇帝之外最乏文采的帝王群体。此言料亦不虚。所为者何？不肯认真学习也。自明太祖朱元璋于公元1368年在南京称帝至崇祯皇帝朱由检于公元1644年自缢于北京，大明王朝绵延了将近300年，期间共产生了一十六位皇帝。这十六位皇帝，除少数勤于学习外，绝大多数都不愿意学习，尤以明朝中后期的皇帝为甚。虽然朱元璋于《明太祖宝训》中曾这般谆谆告诫后代子孙云：“古帝王皆以读书明理为本，未有不如是而能齐家治国平天下者。”可是，他的后代子孙却大都不买他的帐。这里略以日讲和经筵为例来说明。

经筵与日讲是中国封建时代皇帝学习的两种重要的形式，历朝历代的皇帝为了研读经史，都设有御前讲席，时召儒臣进讲，自宋时起，称之为经筵，每年春二月至端午日，秋八月至冬至日，逢单日由讲官轮流入侍进讲。而有明一代，皇帝大都对经筵和日讲敷衍了事：“（宪宗）经筵进讲，每岁不过数日”（《明史·一百八十一列传第六十九》)；武宗学习了七年还没读完《尚书》、《论语》等初级读本；光宗被立为皇太子后“禁不出阁者又十二年”，万历四十四年(公元1616年)再次出阁讲读，然“仅开讲一次，于是复辍”(《明光宗实录》卷2)；熹宗继位前不得出阁讲学，即位后却以天气渐寒、居止不便为由故意躲避日讲(《明熹宗实录》卷3)。看看，明朝皇帝如此懒于学习，其文化素质和诗文功底当然就可想而知了。

有论者将明朝的十六位皇帝从性格上划分为两个大类，一类以明太祖朱元璋为首，包括成祖、武宗、世宗和思宗等，属于所谓的“强硬派”皇帝，以残暴好杀著称；一类以明惠帝朱允炆为首，包括仁宗、英宗、代宗、宪宗、孝宗、穆宗、光宗和熹宗等，属于所谓的“文弱派”皇帝，以宽仁温和著称。又有论者从整体上将明朝的皇帝群落笼统地概括为这么一段话：

> “土木之变”是明代由盛转衰的分水岭，此后皇帝纷纷沦为“问题皇帝”。虽然历代不乏“问题皇帝”，但明代“问题皇帝”所占比重之大(占总人数的三分之二)，统治时间之长(几乎占大明王朝三分之二的时间)，密集程度之高(中后期无一幸免)，表现形式之复杂多样(荒诞、怪异、叛逆、嗜酒、纵欲、寄情木匠手工业等)，使他们迅速凸现出来……(赵秀丽《明代皇帝的群体特征》刊于《三峡大学学报》2008年第11期)

事实也的确是如此。明朝皇帝群落，表面上看起来一个个似乎都极具鲜明的个性，实则大都是“问题皇帝”也。且以号称“风流天子”的明武宗朱厚照为例。相较而言，朱厚照应该是明朝皇帝群落中最具“个性”色彩的皇帝了。

明武宗朱厚照（1491—1521），明朝第十位皇帝，明孝宗嫡长子。朱厚照似乎一点也不留恋象征权力和地位的金碧辉煌的紫禁城，而喜欢自己营建的两个小天地——豹房和在宣府的镇国府。正德三年（公元1508年），朱厚照正式住进了皇城西北的豹房新宅。豹房并非是朱厚照的创建，本是贵族豢养虎豹等猛兽以供玩乐的地方。朱厚照的豹房新宅始修于正德二年，至正德七年共添造房屋200余间，耗银24万余两，最终成为了朱厚照居住和处理朝政之地。豹房新宅多构密室，有如迷宫，房内建有妓院、校场、佛寺等，甚至养了许多动物，其中以豹子为多。朱厚照每日里在豹房内广招乐妓承应，荒淫无度，乐此不疲，根本无暇亦无心处理什么朝政大事。豹房新宅中除了一干乐妓之外，还有朱厚照的众多义子。据载，朱厚照在位短短的十几年间，曾收有200余位义子，甚至在正德七年一次就将127人改赐朱姓，当真是旷古未闻啊。正德十二年（公元1517年），朱厚照率众浩浩荡荡地开到宣府，营建所谓的“镇国府”。“镇国府”者何？乃朱厚照自封为“总督军务威武大将军总兵官”也，凡朝廷往来公文一律以“威武大将军钧帖”行之，并为自己更名为“朱寿”，后来自己又加封为“镇国公”，令兵部存档，由户部发饷，真是视国事朝政为儿戏耳。《明史·武宗本纪》这般叙述道：“（朱厚照）耽乐嬉游，昵近群小，至自署官号，冠履之分荡然矣。”朱厚照非常喜欢宣府的镇国府，甚至称那里为“家里”。正德十三年(公元1518年)立春,朱厚照在宣府照例要举行迎春仪式。以往的迎春仪式中,臣子用竹木扎成架子,上面排放些吉祥图案,进献给皇帝,谓之“进春”。这一次,朱厚照亲自设计迎春仪式,花样百出,命人准备了数十辆马车,上面满载着妇女与和尚,行进之时,妇女手中的彩球与和尚的光头相互撞击,光头熠熠闪光,彩球纷纷落下,令人忍俊不禁,而朱厚照却始终兴高采烈,对自己的杰作甚感得意。

朱厚照在位十六年,荒唐的事情做了一箩筐。他能撇下朝政大臣,多次偷偷的外出游玩巡幸;他能让后宫佳丽独守空房,派人到处抢夺妇女供其淫乐,甚至连寡妇、孕妇、妓女也不放过,完全置传统儒家伦理道德、等级礼法观念、皇家威仪尊严于不顾,肆无忌惮地做着连普通老百姓都不屑去做的事情,起码的礼义廉耻亦尽失也。若比较之下,朱厚照在位期间所做的最为荒唐的一件事情,应该就是他在正德十四年(公元1519年)游巡江南时所颁行的“禁猪令”了。《武宗实录》记载云:

正德十四年十二月乙子卯,上至仪真。时上巡幸所至,禁民间蓄猪,远近屠杀殆尽;田家有产者,悉投诸水。是岁,仪真丁祀,有司以羊代之。

万历人沈德符在《万历野获编》中记载道:

时武宗南幸,至扬州行在。兵部左侍郎王(宪)抄奉钦差总督军务威武大将军总兵官后军都督府太师镇国公朱(寿)钧帖:照得养豖宰猪,固寻常通事。但当爵本命,又姓字异音同。况食之随生疮疾,深为未便。为此省谕地方,除牛羊等不禁外,即将豖牲不许喂养,及易卖宰杀,如若故违,本犯并当房家小,发极边永远充军。

时有一人名李诩,在其所著《戒庵老人漫笔》一书中,记其家藏有一段朱厚照禁猪令的原文,文云:

养豖之家,易卖宰杀,固系寻常,但当爵本命,既而又姓,虽然字异,实乃音同。况兼食之随生疮疾。宜当禁革。如若故违,本犯并连当房家小发遣极边卫,永远充军。

却原来,朱厚照下令禁止百姓养猪的理由主要有两点:一是其姓“朱”与“猪”同音,而朱厚照又恰好出生于猪年,朱厚照便认为养猪、杀猪、猪瘟、猪狗不如一类的词都不利于他这位朱姓皇帝,所以要避讳,所以要禁止养猪、禁止杀猪;二是“食之随生疮疾”,吃猪肉会生疮,对健康不利,故而要禁止百姓养猪、禁止杀猪。这当真是滑稽可笑的逻辑啊。可最终,正德十五年(公元1520年),南巡途中的朱厚照于清江浦(今江苏淮安市)乘小舟垂钓,不慎掉入水中,虽被左右救起,但身体从此每况愈下,次年,病死于豹房,终年31岁,葬于昌平金岭山东北的“康陵”,与他的“禁猪令”一起寿终正寝了。

有“木匠皇帝”之称的明熹宗朱由校（1605—1627），其“个性”比起武宗朱厚照来似乎也逊色不了几分。彼时外有强敌虎视，内有明末起义，正值内忧外患、国难当头时候，而此时的朱由校却不务正业，一门心思与斧子、锯子和刨子打交道，且木匠技艺还十分地高超。明末清初的文秉在其所著《先拨志始》一书中这般叙述朱由校的木工水平：“斧斤之属，皆躬自操之。虽巧匠，不能过焉。”史书上记载，明代天启年间，匠人所造的床，极其笨重，十几个人才能移动，用料多，样式也极普通。朱由校便自己琢磨，设计图样，亲自锯木钉板，一年多时间便造出一张床来，床板可以折叠，携带、移动都很方便，床架上还雕镂有各种花纹，美观大方，为当时的工匠所叹服。朱由校还善用木材做小玩具，他做的小木人，男女老少，俱有神态，五官四肢，无不备具，动作亦很惟妙惟肖。朱由校还喜欢在木制器物上发挥自己的雕镂技艺，在他制作的十座护灯小屏上，雕刻着《寒雀争梅图》，形象逼真。清人饶智元所著《明宫杂咏》中曾有诗吟道：“御制十灯屏，司农不患贫。沈香刻寒雀，论价十万缗。”朱由校又喜欢雕琢玉石，颇为精工，他常用玉石雕刻各种印章，赐给身边的大臣、宫监。朱由校喜欢看傀儡戏，当时的梨园弟子用轻木雕镂成海外四夷、蛮山仙圣及将军士卒等形象。朱由校情绪高时，也施展自己的手艺，他做的木像男女不一，约高二尺，有双臂但无腿足，均涂上五色油漆，彩画如生，每个小木人下面的平底处安一拘卯，用长三尺多的竹板支撑着，另外还有一个用大木头凿钉成的长宽各一丈的方木池，里面添水七分满，水内放有活鱼、蟹虾、萍藻之类的海货，使之浮于水面，再用凳子支起小方木池，周围用纱围成屏幕，竹板在围屏下，游移转动，这样就形成了水傀儡的戏台，在屏幕的后面，有一艺人随剧情将小木人用竹片托浮水上，游斗玩耍，鼓声喧天。当时宫中常演的剧目有《东方朔偷桃》《三保太监下西洋》、《八仙过海》《孙行者大闹龙宫》等，均装束新奇，扮演巧妙，活灵活现。比较而言，朱由校最喜欢的应该还是建筑活儿，好盖房屋，喜弄机巧，常常是房屋造成后，高兴得手舞足蹈，反复欣赏，等高兴劲儿过后，又立即毁掉，重新造新样制作，从不感到厌倦，兴致高时，往往脱掉外衣操作。有文献载其“朝夕营造”，且“每营造得意，即膳饮可忘，寒暑罔觉”。清人吴陈琰在其《旷园杂志》中如此记述道：（朱由校）“尝于庭院中盖小宫殿，高四尺许，玲珑巧妙。”可最终结果是，朱由校与朱厚照相类，因意外落水成病，于公元 1627 年因服用“仙药”而死，年仅 23 岁，“玲珑”地驾崩了，葬十三陵之德陵。

这里非常值得一提的是，“木匠天子”朱由校虽木工技艺巧夺天工，但却大字不识几箩筐，几乎是个标准的文盲，素有“文盲皇帝”之称。由于没有文化，朱由校发布诏令谕示，只能靠听读别人的拟稿来决断，而朱由校似乎又不愿意全听别人摆布，所以就往往不懂装懂，一纸草诏、半张上谕，经多次涂改，往往弄得文理不通，颁发出去，朝野人士看了啼笑皆非。有一次，江西抚军剿平寇乱后上章报捷，奏章中有“追奔逐北”一句，原意是说他们为平息叛乱，四处奔走，很是辛苦。朱由校身边一个叫何费的太监胸中也没有多少墨水，念奏章时，把“追奔逐北”读成“逐奔追比”，解释词意时，把“逐奔”说成是“追赶逃走”，把“追比”说成是“追求赃物”，朱由校听了大发雷霆。江西抚军不但未得到奖赏，反而受到“贬俸”的处罚。又一年，扶余、琉球、暹罗三国派使臣来进贡。扶余进贡的是紫金芙蓉冠、翡翠金丝裙；琉球进贡的是温玉椅、海马、多罗木醒酒松；暹罗进贡的是五色水晶围屏、三眼鎏金乌枪等。在金殿上，尽管使臣递上的是用汉文写的奏章，宦官魏忠贤接了，由于也是目不识丁，忙转手递给朱由校，朱由校装模作样地看了半晌，把进贡的奏章当成是交涉什么问题的奏疏，不由大怒起来，将奏章往地下一掷吼道：“外邦小国好没道理！”说罢拂袖退朝。

而问题的关键之处恰在于，不独是朱厚照一人，文化的缺失和文采的缺乏正是明朝皇帝群体的一大鲜明特征。

据清代大学者朱彝尊的《静志居诗话》所载，在明代的十六位皇帝当中，能诗者不过太祖（5 卷）、仁宗（2 卷）、宣宗（6 卷）、英宗（诗文 1 卷）、宪宗（4 卷）、世宗（诗赋 7 卷）、神宗（诗文 1 卷）八人而已。明末“江左三大家”之一的文坛领袖钱谦益在其《列朝诗集小传》中虽然载有建文帝诗歌 1 卷和武宗诗歌 12 首，却又少了英宗和宪宗二人的诗文。姑且不论上述帝王诗文作品中含有多少、多大的水分，就其所留下的诸体混杂作品总量也不足二十卷的事实，也就不难看出明朝最高统治者群落的知识和文采究竟如何了，更可发见明朝最高统治者群落对诗歌的爱好和兴趣究竟有多大了。套用胡云翼先生的词语来说，明朝帝王大多是没有多少“诗癖”的。明朝最高统治者的“诗癖”如是，明朝诗坛的境况自然也就可想而知了。

不妨拿唐朝的帝王与明朝的帝王做个比较吧。也不说唐朝的其他皇帝(与明朝几乎正相反,唐朝皇帝大多都有“诗癖”),就以被一般正统史学家排斥在李唐皇帝行列之外的武则天为例。众所周知,武则天是我国历史上唯一的一位女皇帝,她一举改变了中国传统文化观念中男权一统天下的观念,不仅上承“贞观之治”,下启“开元盛世”,在政治上有了一番大作为,而且“通文史”,文学造诣也十分深厚,尤喜诗歌创作。南宋计有功编著的《唐诗纪事》卷十一载:

> 武后游龙门命群臣赋诗,先成者赐以锦袍。左史东方虬诗成,拜赐。坐未安,之问诗后成,文理兼美,左右莫不称善,乃就夺锦袍衣之。

这便是很有名的“锦袍赐诗”的故事,从中不难看出武则天的身上有一股很强烈的“诗癖”。事实上,武则天不仅大力鼓励文士们写诗,自己也曾忙里偷闲躬身亲作了很多诗歌,其创作的诗歌从题材上看约略可分为三类:“颂诗”,山水诗和爱情诗,其中以“颂诗”所占比重最大,共有 39 首。所谓的“颂诗”,当来源于《诗经》中的“风、雅、颂”,大意指的是祭祀时所用的祭文,通常采用四言诗的体式,这种体式的诗歌到了南北朝时期已经很是衰落了,而武则天当政时又使这种本已衰落的诗体重新焕发了光彩。公元 696 年(武则天万岁通天元年),武则天命铸九鼎,四月,九鼎成,搬放于通天宫。武则天亲自在鼎上写了一篇铭文叫做《曳鼎歌》。歌曰：

羲农首出
轩昊膺期
唐虞继踵
汤禹乘时
天下光宅
海内雍熙
上玄降鉴
方建隆基

这便是所谓“颂诗”。该“颂诗”字里行间充满了对先王的歌颂与崇拜，也表现出武则天雄伟的志向与博大的气魄。虽然“颂诗”从总体上来说（包括《诗经》中的颂诗）大多是堆砌辞藻、呆板富丽，其形式上的意义大于思想内容价值，但作为当时的唐王朝的最高统治者，武则天大量创作如此志向与气魄的“颂诗”，无疑大大地影响了一代文人及文人的创作，初唐诗歌追求情思浓郁与气势壮大以及盛唐诗歌崇尚壮丽宏伟，应该都与武则天的这种“雄伟”和“博大”的诗歌审美追求密切相关的。

武则天在追求“雄伟”和“博大”的同时，也崇尚“自然”的风格。她不仅自己带头创作山水诗，还鼓励和倡导文人在诗歌创作中积极追求“自然”之风。武则天执政时期唐朝宫廷诗歌题材方面的一个突出变化就是，吟咏山水风光成为大唐宫廷诗歌创作的重要题材之一。而最能代表武则天诗歌创作艺术成就的也应该就是她的山水诗。如武则天与女儿太平公主一起游九龙潭时所写的那首《游九龙潭》诗作，意境清雅幽美，语言清新自然，颇值得一读。诗曰：

山窗游玉女
涧户对琼峰
岩顶翔双凤
潭心倒九龙
酒中浮竹叶
杯上写芙蓉
故验家山赏
惟有风如松

有人甚至说，武则天的这首《游九龙潭》诗作，一点也不亚于盛唐时期王、孟等人的山水诗作品。武则天还经常游幸嵩山，嵩山名号“中岳”便是武则天亲封。嵩山东南部的玉女台下有一石淙洞，因两岸石壁高耸，险峻如削，怪石嶙峋，涧中有巨石，两岸多洞穴，水击石响，淙淙有声，故名“石淙”。每逢九月九日重阳佳节，人们便携带酒菜，到此相聚，一边猜拳行令，一边饱览山中秀丽景色，可谓不亦乐乎。女皇武则天也曾多次到石淙游乐，笙歌燕舞，大宴群臣，提笔赋诗，摩崖碑刻，史称“石淙会饮”。“石淙会饮”成为了武则天带领文士走出宫廷，亲近自然，感受自然之美的有力印证。武则天如此崇尚自然、如此关注山水，在一定程度上拓宽了初唐诗歌的创作内容和创作范围，给王、杨、卢、骆改变初唐齐梁浮艳的诗风打下了坚实的基础，同时也是对盛唐时期山水诗的兴盛做了先期的铺垫。

武则天爱情诗中最为著名者，当属《如意娘》一绝。据载，该诗乃武则天于唐太宗李世民驾崩后居感业寺为尼时写给唐高宗李治的。诗云：

看朱成碧思纷纷
憔悴支离为忆君
不信比来长下泪
开箱验取石榴裙

小诗写得曲折有致，应是武则天诗作中的上乘之作，对后世亦有较大的影响。其中“看朱成碧”四字后来成为唐宋之人常用的成语。如李白有诗云：“催弦拂柱与君饮，看朱成碧颜始红。”（《前有一樽酒行》其二）也有将其说成“看碧成朱”的。如辛弃疾词云：“倚栏看碧成朱，等闲褪了香袍粉。”（《水龙吟·倚栏看碧成朱》）据载，李白写有《长相思》一诗，中有“昔日横波目，今成流泪泉。不信妾肠断，归来看取明镜前”之句，李白之妻看后谓李白云：“君不闻武后诗乎？‘不信比来常下泪，开箱验取石榴裙’。”李白闻之“爽然若失”也。（清·宋长白《柳亭诗话》）中唐“苦吟”诗人孟郊曾有诗云：“试妾与君泪，两处滴池水。看取芙蓉花，今年为谁死！”（《怨诗》）诗用莲花被泪水浸死的假想之词来表现人物怨情之深，涉想奇绝，语出惊人。难怪乎韩愈曾如此评价孟郊诗歌艺术构思之精巧云：“及其孟郊为诗，刿目鉥心，刃迎缕解。钩章棘句，掐擢胃肾。神施鬼设，间见层出。”（《贞曜先生墓志铭》）然若溯其本源，孟郊《怨诗》止不过承袭了武则天《如意娘》之创意耳。武则天亦不愧为诗界中之“才人”也。

武则天对唐诗的另一较大的贡献是通过自己的诗歌创作和特殊身份（女皇帝），带动了唐朝社会一大批女性投入到诗歌创作中。据专家考证，在唐朝290年间竟然出现了207位女诗人，且唐朝皇后、贵妃、公主等也有好多位是写过诗的，《全唐诗》中就收录有文德皇后、徐贤妃、上官昭容、杨贵妃、江妃、宜芬公主等人的作品。尽管在唐朝诗坛众多耀眼的“巨星”当中，女诗人的数量和质量还不足以“惊世骇俗”，但她们以及她们的诗歌作品同样也散发着自己的独特光芒。其中，李冶、薛涛、鱼玄机、刘采春最为著名，她们并称为“唐代四大女诗人”，永垂青史。而若从文学史的角度来看，唐朝女性诗歌的发展无疑影响到了宋代女性文学创作的热情，这就为词体的发展埋下了一个大大的伏笔。完全可以这么说，武则天于唐诗的发展可谓功莫大矣。要之，亦无他耳，唯武则天“诗癖”浓郁也。

武则天“诗癖”如此浓郁，更遑论太宗李世民等唐朝其他皇帝了（太宗李世民好写宫体艳诗，与初唐诗坛绮靡的齐梁诗风盛行显然大有干系。这是“风动于上，而波震于下者”的又一有力例证。这里从略）。顺理成章的是，统治者自己有“诗癖”，对于同样有“诗癖”的文人雅士自然就会另眼相看。例如，唐朝文臣贺知章86岁告老还乡，临别之际，唐明皇李隆基下令在长安城东门设帐为其饯行，不仅要求文武百官全员参加，且李隆基还亲自为贺知章写了送别的诗歌。此举成为当时轰动朝野的大新闻。再如，“诗王”白居易去世不久，新登基的唐宣宗李忱就亲作了一首《吊乐天》以示哀悼，诗云：

缀玉联珠六十年
谁教冥路作诗仙
浮云不系名居易
造化无为字乐天
童子解吟长恨曲
胡儿能唱琵琶篇
文章已满行人耳
一度思卿一怆然

该诗将宣宗李忱对白居易的称赞、痛惜和思念之情表达得入木三分，从中也可略见唐宣宗李忱确乎具有相当的诗歌写作功底。当然，毋庸置疑的是，历朝历代皇帝们的诗歌作品，其艺术质量的高低可谓参差不齐，而事实是，真正能够称得上是“皇帝诗人”或“诗人皇帝”的中国古代帝王，真可谓是寥若晨星。但问题的关键在于，皇帝们诗作的好坏是次要的，更重要的是，皇帝们重视诗歌这一种文体，并身体力行地去创作，这就必然提高了诗人们的社会地位，诗人们的社会地位提高了，整个社会的诗歌创作也就蔚然成风了，如此一来，诗歌的文学成就和艺术价值自然也就会得到很大的提高。这恐怕就是胡云翼先生为何将“君主的提倡”列为“宋诗的发达”的首要原因的原因所在吧。

如果说，就诗歌体裁而言，唐朝实在是一个十分特殊又难以复制的时代（唐朝乃举世公认的中国古代诗歌创作的最辉煌和最鼎盛时期），拿唐朝的皇帝与明朝的皇帝在“诗癖”方面两相比较还难以令人十分信服的话，那么，这里再将清朝皇帝的“诗癖”情况略加说明，也许就更能看出明朝的诗坛为何会那么地衰落而清朝诗歌的艺术成就为何会高于明诗了。

清代从后金建立开始算起，绵延了将近三百年，前后一共有十二位皇帝，入关前两位（一汗一帝），入关后十位。虽然清朝是中国历史上第二个由少数民族建立的统一政权，但清朝皇帝们对中国传统诗歌的爱好那是相当值得称赞的，自第三位皇帝顺治起就有诗集问世，从第四位皇帝康熙起开始编纂正规的诗文集，历雍正、乾隆、嘉庆、道光、咸丰、同治等，至第十一位皇帝光绪止，代代相续，计有九位皇帝留下了“御制诗文集”，合计有诗集 810 卷，诗作 46761 首，文集 352 卷，文章 5606 篇。就诗歌而言，清代这九位皇帝的诗作数量几乎与《全唐诗》中所收全部唐诗作品的总数相当（清代康熙年间编纂的《全唐诗》中共收录唐代 300 年中 2000 多位诗人的诗作 48000 余首），数量如此宏巨，足以令人惊叹不已了。似这等数量，不仅明朝皇帝难望其项背，就是唐朝皇帝恐也会瞠目结舌了。且不论清朝这九位皇帝的诗歌写作动机究竟如何、诗作艺术质量究竟几何，就这庞大的诗作数量也足以证明清朝皇帝们的“诗癖”那是相当浓厚的。有这般浓厚的“诗癖”“风动于上”，清朝文士们自然会“波震于下”，清朝诗作水准总体上要高于明诗似也就不足为怪了。

实际上，清朝皇帝的有些诗作还是具有相当的水准的。以雍正的三首较为著名的情诗为例，其一《寒夜有怀》曰：

夜寒漏永千门静
破梦钟声度花影
梦想回思忆最真
那堪梦短难常亲
兀坐谁教梦更添
起步修廊风动帘
可怜两地隔吴越
此情惟付天边月

其二《七夕》曰：

万里碧空净
仙桥鹊驾成
天孙犹有约
人世那无情
弦月穿针节

花阴滴漏声
夜凉徒倚处
河汉正盈盈

其三《仲秋有怀》曰：

翻飞挺落叶初开
怅怏难禁独倚栏
两地西风人梦隔
一天凉雨雁声寒
惊秋剪烛吟新句
把酒论文忆旧欢
辜负此时曾有约
桂花香好不同看

姑且不去探讨雍正皇帝这三首情诗到底是为谁人所写，就说似这般质朴纯净、情真意切的诗作，明朝的最高统治者群落（明太祖朱元璋除外，朱元璋的诗歌特点及成就、影响等将在“第四论”中专门论述）又有谁人可以比肩共论？事实上，清朝的皇帝们不仅自己大力写作诗歌，还不遗余力地倡导和鼓励文士们创作诗歌（这一点与唐朝的统治者颇有点类似，不过只是形似，而非神似）。这里且以清朝皇帝（以康熙和乾隆为例）对唐诗的引导性传播行为略加说明。

引导性传播原理是西方传播学最早的传播学原理之一。所谓引导性传播是指传播者通过有目的的对传播内容进行取舍、组织和评价等一系列的传播手段,在一定层度控制其传播的效果。康熙朝时,康熙皇帝亲自编选《御选唐诗》32 卷并附录 3 卷。在《御选唐诗序》中,康熙皇帝阐明了此选编撰的缘起以及他对诗歌意义和功能的认识:

> 古者六艺之事,皆所以涵养性情,而为道德之助也。而从容讽咏、感人最深者,莫近于诗。故虞廷典乐,依永和声,帝亲命焉。成周时,六艺领在乐官,而为教学之先务。自三百篇降及汉魏六朝,体制递增,至唐而大备,故言诗者以唐为法。其时选本如《河岳英灵》《中兴间气》《御览》《才调》诸集,其所收择,各有意指,而观者每有不遮不该之叹……孔子曰:温柔敦厚,诗教也。是编所取,虽风格不一,而皆以温柔敦厚为宗。其忧思感愤、倩丽纤巧之作,虽工不录,使览者得宜志达情,以范于和平,盖亦用古人以正声感人之义……

不难看出,在《御选唐诗序》中,康熙皇帝非常强调"诗教"和"温柔敦厚"的诗风,这实际上就是康熙引导性传播唐诗的目的。乾隆朝时,乾隆皇帝亲自编选了《御选唐宋诗醇》47 卷,选录了唐宋六位诗人的作品,唐有李白、杜甫、白居易、韩愈,宋有苏轼和陆游。乾隆精心编选唐宋这六家之作,其目的在他的《御选唐宋诗醇序》中讲得十分明白:

> 文有唐宋大家之目，而诗无称焉者。宋之文足可以匹唐，而诗则实不足以匹唐也。既不足以匹，而必为是选者，则以唐宋文醇之例，有文醇不可无诗醇，且以见二代盛衰之大凡。示千秋风雅之正则也。

很显然，乾隆所谓的"风雅之正则"与之前康熙所述的"温柔敦厚"有着非常密切的关系。另外，乾隆在其下诏编订的《四库全书》和《四库全书总目》中，更是几乎将有唐一代重要的诗人及其作品全部入选，不仅像李白、杜甫和白居易等一干大诗人无一缺漏，就连鲍溶、方干和李群玉这样的小诗人乃至皎然、齐己和贯休这样的诗僧也尽数收录在《四库全书总目》之内。在清朝统治者对唐诗如此倡导和引导之下，清代的科举考试制度也迅速地发生了变化。康熙十八年(公元 1679 年)，康熙在是年的博学鸿词科中试行五言八韵排律一首，这是中国历史上继唐朝之后又开以诗取士之例。康熙五十四年(公元 1715 年)，康熙欲再次改革科考制度，"特下取士之诏，颁定前场经义性理，次场易用五言六韵排律一首，刊去判语五道。以(康熙)五十六年为始，永著为例"。上行下效。其后，乾隆二十二年(公元 1757 年)正月，乾隆谕令："会试二场，表文可易以五言八韵唐律一首。"到了乾隆四十七年(公元 1782 年)，乾隆又于童试中加五言六韵律诗一首。至此，清代对科举应试者作诗的要求已经降到童试这最低一个层级了。换言之，清代的学子们若想走上仕途，那就必须首先要学会作诗。

清代最高统治者的“诗癖”不可谓不盎然也。统治者有如此盎然的“诗癖”，清诗的成就想不超过明诗恐怕都是一件难事呢。

不过，话再说回来，任何事情似乎都有例外，明朝和明诗亦然。有明一朝，有一段时期，确乎应该是明诗能够振兴勃发的最佳良机的。清代官修史书《明史》中有云：“明有天下，传世十六，太祖、成祖而外，可称者仁宗、宣宗、孝宗而已。”这是清人从统治者治国安邦的角度来评价明朝皇帝的，所言亦大体不谬。明太祖朱元璋开创了大明王朝自不必说，明成祖朱棣统治的时期理应是明王朝最为强盛的时代，明仁宗朱高炽登基后开始了一系列改革，深得人心，如赦免了建文帝旧臣和永乐时遭连坐流放边境的官员家属，并允许他们返回原处，又大力平反冤狱，使得许多冤案得以昭雪（如建文忠臣方孝孺的“诛十族”惨案，永乐朝解缙的冤案等都在这一时期得到平反），并恢复一些大臣的官爵，从而缓和了统治集团内部的矛盾，于大明王朝可谓功不可没，故有人冠之为“一代仁君”。明宣宗朱瞻基继承并发展了明仁宗朱高炽的治国理念，其在位期间成为明朝历史上少有的吏治清明、经济发展和社会稳定的时期。史载：“仁宣之治，吏称其职，政得其平，纲纪修明，仓庾充羡，闾阎乐业，岁不能灾。盖明兴至是历年六十，民气渐舒，蒸然有治平之象矣。”（《明史·宣宗本纪》）清代学者谷应泰曾这般评价道：“明有仁、宣，犹周有成、康，汉有文、景，庶几三代之风焉。”（《明史记事本末》卷28）。评价不可谓不高也，后世亦称之为“仁宣之治”，比之于西汉的“文景之治”。明孝宗朱祐樘在位期间努力扭转宪宗时朝政腐败状况，驱逐奸佞，勤于政事，励精图治，使明朝再度中兴发展，史称“弘治中兴”。故从社会历史发展的角度而言，清人的评价亦可谓中肯也。然而，若就文学论，就诗歌论，情形则大不相同。太祖而外，成祖和孝宗没留下什么诗歌作品，仁宗只有区区 2 卷诗作，唯宣宗留有诗作 6 卷，乃明朝皇帝群落当中诗作卷帙最为浩繁者。而明诗理论上应该能够振兴勃发的时期，就是明宣宗统治的那段时期。只可惜，事实不然。

明宣宗朱瞻基是明代的第五任皇帝，他不仅深备统治才干，而且多才多艺，书画兼善，是历代帝王中有名的宫廷画家、宫廷书法家，有画作《瓜鼠图轴》《武侯高卧图》《万年松图》《戏猿图》《花下狸奴图》等传世；也是明代帝王中于文学最为偏爱的，能诗好文，往往“长篇短歌，援笔立就。每试进士，辄自撰程文曰：‘我不当会元及第耶？’”（明末清初 · 钱谦益《列朝诗人小传》）因之又有“宫廷诗人”的称谓。现存《大明宣宗皇帝御制集》44 卷，诗集 6 卷，辑诗一千余首，诗歌内容较丰富，题材也较广泛。有些诗作，还颇具现实主义的格调，如《织妇词》诗云：

昔尝历田野
亲睹织妇劳
春深蝉作茧
五月丝可缫
缫丝准拟织为帛
两手理丝精拣择

理之有绪缠上机
弄杼抛梭窗下织
斯蠡动股织未停
鸡声三号先夙兴
机梭轧轧不莛息
辛勤累日帛始成
呜呼
育蝉作茧,未必如瓦盎
累丝由寸积为丈
上供公府次豪家
织者冬寒无挟纩
纷纷当时富贵人
绮罗烨烨华其身
安知织妇最辛苦
我独沉思一怜汝

该诗透露出的风味儿与白居易的新乐府诗作确乎很是神似呢。崇祯年间明皇室子弟朱谋垔在其《续书史会要》一书中云:“宣宗皇帝时,三杨、蹇、夏诸贤辅政,泰交之际,常有御制诗歌,必亲洒宸翰赐之。”另外,明宣宗还有元夕唱和之雅事流传。凡此种种,足以说明,明宣宗朱瞻基还是很有一些“诗癖”的。宣宗既有“诗癖”,按照“风动于上,而波震于下者也”的理论,其治下的明朝诗坛亦理应有所改观乃至有所兴盛。然结果却不尽然。原因何在？乃“三杨、蹇、夏诸贤辅政”所致也。宣宗统治时期之所以能够出现一种“太平盛世”的景况，一个极其重要的原因是由于“诸贤辅政”，诸贤者何？杨士奇、杨荣、夏原吉、杨溥、蹇义、张辅等六人也。此六者皆为明宣宗朱瞻基的亲信近臣，也是其政治核心集团中的主要成员。不过，如果以宣宗的器重和信任的程度为标准来排列这么几位核心人物的顺序的话，那杨士奇无疑高居头把交椅。根据《明史·杨士奇传》中有关记载，自永乐以来，杨士奇就是内阁中的第一大手笔（杨士奇本是建文帝时代的翰林编修官，燕王朱棣篡位，入内阁典机务，官至华盖殿大学士，历事仁宗、宣宗、英宗，以功名终始），常以皇帝的名义发布重要的敕、旨、诏、谕等，文笔灼灼光采，且有政治感染力。他的这一特长，尽管同僚中的其他人也多少具备，但却都不如他来得突出。杨士奇的这种特长使得他在宣宗的政治核心集团中处于领班的地位，一直到死都未改变。宣宗与杨士奇的私人关系明显地较他人更为密切，其对杨士奇的支持与器重也终生未变（宣宗的母亲孙太后也非常器重杨士奇）。换言之，杨士奇虽然是一介臣子，却能够在极大的程度上影响着明宣宗的行为，甚至左右着明宣宗的思想。且看下面一段文字：

永乐七年，赞善王汝玉每日于文华后殿说赋诗之法。一日，殿下（朱瞻基）顾臣士奇曰：“古人主为诗者，其高下优劣何如？”对曰：“诗以言志，明良喜起之歌、南薰之诗是唐虞之君之志，最为尚矣。后来如汉高大风歌、唐太宗雪耻酧百王除兄报，千古之作，则所尚者霸力，皆非王道。汉武帝秋风辞气志已衰，如隋炀帝、陈后主所为，则万世之鉴戒也。如殿下于明道玩经之余，欲娱意于文事，则两汉诏令亦可观，非独文词高简近古，其间亦有可脾益治道。如诗人无益之词，不足为也。”殿下曰：“太祖高皇帝有诗集甚多，何谓诗不足为？”对曰：“帝王之学所重者，不在作诗。太祖皇帝圣学之大者，在尚书注诸书，作诗特其余事。于今殿下之学，当致力于重且大者，其余事可姑缓。”殿下又曰：“世之儒者亦作诗否？”对曰：“儒者鲜不作诗。然儒之品有高下，高者，道德之儒；若记诵词章，前辈君子谓之俗儒。为人主尤当致辨于此。”

上文引自杨士奇仿欧阳修《奏事录》及司马光《手录》之体例撰写的《三朝圣谕录》一书中的杨士奇与朱瞻基的一段对话。在杨士奇看来，“人主”最为紧要之事当在“明道玩经”，“明道玩经之余”，“两汉诏令亦可观”，唯“诗不足为”，因为诗乃“无益之词”。可以想见，杨士奇的这一“哲学”观点对朱瞻基所产生的影响该有何等的巨大，且对当时的诗坛又产生了何等巨大的影响（宣宗的文学创作明显地文重于诗，而以杨士奇、杨荣、杨溥“三杨”为代表的所谓“台阁体”的创作重心亦为文而非诗）。正如郭万金先生在评价宣宗治下明朝诗坛时所言：

可见，在这段最利于文学发展的朝廷文化中，诗歌所得到的推扬与鼓励也是相当有限的……少了君主的提倡，明诗文学

生态中的日照显然是不够的。(《文学评论》2005 年第 4 期)

“明诗文学生态中的日照”既然不够,那明诗自然就很难茁壮成长,更遑论开花和结果了。

明宣宗而外,明朝还有一位皇帝似乎也很有一点“诗癖”,他就是明世宗朱厚熜。其为明朝第十一位皇帝,在位 45 年,在位时间之长在明代皇帝中仅次于其孙子明神宗朱翊钧(在位 48 年),年号嘉靖,是为嘉靖皇帝。其禀性为人及治国才能姑且不论(“壬寅宫变”和“海瑞罢官”等一系列故事皆出于其治时,“名垂青史”的严嵩亦出于其治下),就其文学创作尤其是诗歌创作而言亦不乏可观之处。旧时流行的启蒙读物之一《千家诗》里共选诗歌 221 首,其中作者是皇帝的只选了两位,一位是唐明皇李隆基,另一位便是明世宗朱厚熜。所选朱厚熜的诗叫做《送毛伯温》,诗云:

大将南征胆气豪
腰横秋水雁翎刀
风吹鼍鼓山河动
电闪旌旗日月高
天上麒麟原有种
穴中蝼蚁岂能逃
太平待诏归来日
朕与先生解战袍

此为一首送别诗。公元 1536 年,安南(即今越南)世孙黎宁派人向明世宗朱厚熜诉说莫登庸弑逆之罪。事隔 3 年,明世宗朱厚熜任命毛伯温为兵部尚书兼右都御史率兵南征,次年驻南宁,结果不发一箭即平定安南(越南)。毛伯温出京时,朱厚熜作此诗为他送行。全诗气势雄壮,意气高扬,感情真挚,无论句法还是情味儿,都与其先祖朱元璋的那首《赐都督杨文云》何其相似乃尔。(《赐都督杨文云 》诗曰:"大将南征胆气豪,腰悬秋水吕虔刀。马鸣甲胄乾坤肃,风动旌旗日月高。世上麒麟终有种,穴中蝼蚁更何逃。大标铜柱归来日,庭院春深庆百劳。"正因为二者"何其相似乃尔",故该诗究竟是何人所写,目前尚有争议)钱谦益《列朝诗集小传》中称明世宗朱厚熜"喜为诗文","尝与阁臣费宏等赓唱",所言料也是事实。只不过,就朱厚熜本身来说,其一生最为钟爱的文字,既不是"文",也不是"诗",而是所谓的"青词",故素有"青词皇帝"之称谓。风动于上,而波震于下者,嘉靖十七年(公元 1538 年)之后,明廷内阁 14 个辅臣中有 9 人是通过撰写青词起家的(著名的有夏言、严嵩父子、徐阶等),时谓"青词宰相"云。可见朱厚熜于青词该有何等地偏爱了。

然而,青词毕竟不是诗。青词又称绿章,是道教举行斋醮时献给上天的奏章祝文,因用红色颜料写在青藤纸上,故又称"绿素"。体裁一般为骈俪体,要求形式工整和文字华丽。事实上,也不乏用诗歌的形式来撰写青词的。中唐诗人李贺曾为吴道士夜醮而撰写诗体青词《绿章封事》,其词云:

青霓扣额呼宫神

鸿龙玉狗开天门

石榴花发满溪津

溪女洗花染白云

绿章封事咨元父

六街马蹄浩无主

虚空风气不清冷

短衣小冠作尘土

金家香弄千轮鸣

扬雄秋室无俗声

愿携汉戟招书鬼

休令恨骨填蒿里

李贺有感而发，由道士夜晚打醮而触发了自己的一些心事，文笔恣肆开阖、空灵飘逸，体现了“李长吉体”固有的一些特点。青词作为一种文体，当产生于唐朝。唐人李肇《翰林志》中有云：“凡太清宫道观荐告词文用青藤纸书朱字，谓之‘青词’。”宋代时，道教昌盛，作青词者日益众多，其中也不乏一些大文人、大诗人（苏轼撰青词 17 首，王安石撰青词 26 首，欧阳修撰青词 45 首，张孝祥撰青词 13 首等），只是宋人于闲暇时撰写青词的主要目的乃是切磋青词中的用语对仗，且宋人文集中的供奉青词，还往往是文人们为国家斋醮时所写，其中亦不乏具有积极现实主义风格的作品。如南宋理宗景定元年（公元 1260 年）八月二十五日，庐山太平兴国宫为国家修设罗天大醮，普度在是年六月抗金之战中为国捐躯的英烈魂灵，其词曰：

百战间关，见危致命，一忠激烈，虽死犹生。惟勇士不忘丧元，故敌人每为夺气。追念胡氛之甚恶，遂令国步之多艰。不贰尔心，岂与共戴天而处；勉出乃力，盖将置亡地而存。义重而形躯则轻，役同而瞬息即异。兴言钜痛深怆，至怀带剑之辞；尚新忍忘，楚野复矢之哀。曷挽空慨郗娄，虔修荐拔之科，庸写尽伤之极。伏望大垂慈鉴，俯挈冥途。壮节难磨，已可垂名于穹壤；英魂未逝，尚能效役于风霆。

词中磊磊忠浩之气亦足以憾人胸怀也。即便是个人行为（即所谓的“民间青词”），宋代青词中也有感人心脾之作。如南宋叶适《水心文集》卷二十六所载《代子设醮青词》云：

身婴降割，已无可赎之愆；教许追亡，尚有自投之路。伏念臣母令人高氏，蚤怀微志，备受多坚，经营甚劳，细大可考。岂不酬赏于晚节，胡为殒落于中年！遗骨空存，先灵何往！恍寻求而莫见，冀仿佛以能通。倘旧宇安栖，乞长为孤露之托；如烦冤上诉，幸曲垂矜度之私。俾获依凭，奚闲存没。臣等精蕲有限，哀意无穷。

“遗骨空存，先灵何往”，眷眷、拳拳之情亦不忍卒读也。历史上最为著名的一首青词当属晚清志士龚自珍的那首《己亥杂诗》了:“九州生气恃风雷,万马齐喑究可哀。我劝天公重抖擞,不拘一格降人才。”作者于此诗自注曰:“过镇江,见赛玉皇及风神、雷神者,祷祠无数,道士乞撰青词。”简言之,青词作为一种文体,本也是可以写得很出色的,就像正统的诗歌一样出色,一如陆游青词“绿章夜奏通明殿,乞借春阴护海棠”般出色。然而,明朝嘉靖时代不然。虽然朱元璋曾诏令“僧道建斋设醮,不许章奏上表,投拜青词”(《明太祖实录》卷53),然时过境迁也。嘉靖时代青词写作的风尚可谓如火如荼。其时文臣撰写青词的终极目的就是冀望博得明世宗朱厚熜的赏识从而在仕途上青云直上。换言之,嘉靖时代的“青词”二字,亦略等于“青云”二字也。这样一来,若从文学角度来看,彼时的青词就几乎成为了一种貌似高雅的文字游戏。如相传是嘉靖时代“青词宰相”之一的袁炜所作的一首青词曰:

洛水玄龟初献瑞,阴数九,阳数九,九九八十一数,数通乎道,道合元始天尊,一诚有感;

岐山丹凤两呈祥,雄鸣六,雌鸣六,六六三十六声,声闻于天。天生嘉靖皇帝,万寿无疆。

这首青词在当时流传极广,几乎无人不知、无人不晓。只可惜,词中除了谄媚奉承明世宗朱厚熜以外,似乎也就没什么其他的内容了,此亦与诗歌的艺术本质背道而驰。更为可惜的是,朱厚熜于如此青词有如此癖好，其治时的明朝诗坛沦为“败荷残柳”之状也就不足为奇了。

另外，明朝皇帝的群体昏聩还表现在荒于政务之上。这与明朝诗坛的衰落也不无干系。明朝十六帝，除了明太祖朱元璋和明成祖朱棣之外，其余明朝皇帝大都懈怠荒政。史载，明宪宗在位23年，仅在成化七年（公元1471年）召见了一次内阁大学士；明孝宗于成化二十三年（公元1487年）继位（在位18年），直到即位后的第十个年头，阁臣等才得机会一见皇帝真容；明熹宗在位一共7年，一次也没有召见过大臣。而明世宗和明神宗更甚，可谓创下了中国历史上皇帝懒惰荒政的记录：世宗在位45年，从嘉靖十九年（公元1540年）到嘉靖二十一年（公元1542年）总计有6次视朝之事，从嘉靖二十一年到嘉靖四十五年（公元1566年）共24年的时间里只有三次朝见群臣的记录；神宗乃“酒色财气”四毒俱全的皇帝，在位48年，从万历十八年（公元1590年）以后只因“梃击案”召见过群臣一次，其治时狱中犯人长期无人审理，吏、兵二科缺掌印官，以致数千新选官久不能就任，时内阁仅剩朱赓一人，却“辅政三年，犹未一觐天颜”。清代文学家赵翼对此曾总结道：

> 自成化至天启一百六十七年间，除弘治间数年以外，其余皆帘远堂高，君门万里，上下否隔，朝政日非。（《陔余丛考》）

明朝皇帝之荒政之风亦可谓空前绝后也。或问：明朝皇帝如此荒政平日又在做何事体？总不至于都窝在后宫里整日无度荒淫耶？非也。明朝皇帝虽不乏荒淫无度之辈，如明武宗、明神宗是也，但也有一些皇帝在私生活方面很是节俭，譬如明孝宗朱祐樘，便是中国历史上一位罕见的对女色一生淡泊的皇帝，他不仅没有什么宠妃，而且也没有册立过一个妃嫔，只是与皇后张氏过着民间“一夫一妻制”式的恩爱生活。答案是：明朝皇帝群体荒政的主要原因乃是“崇道”。在中国封建时代，最高统治者的个人信仰对社会的方方面面都能产生重大而广泛的影响，这“社会的方方面面”里自然就包括着文学，当然也包括了诗歌。

明朝皇帝的崇道之风应该是从明成祖朱棣开始的。太祖朱元璋称帝后虽然允许佛、道二教同时流传（其他宗教一律禁绝），但总体而言，朱元璋崇佛重于崇道，一个鲜明的例证是，朱元璋登基后以“天至尊也，天有师乎”为借口，取消了道教正一派第四十二代天师张正常的“天师”称号，改授其“正一嗣教真人”，制授“正一嗣教护国阐祖通诚崇道弘德大真人”印诰。另外，据《明实录》记载，洪武三年（公元 1370 年）十二月十四日，朱元璋发布诏谕：“公侯不可崇道，尚服丹药。”嗣位的建文帝朱允炆对道教的态度亦然，且还剥夺了张宇初（张正常长子，于明洪武十年嗣教，为道教正一派第四十三代天师）的“天师”印诰。而朱棣不然。朱棣得以篡位成功据说就是得到了“真武大帝”的佑助。真武大帝全称“真武荡魔大帝”，为道教神仙中赫赫有名的玉京尊神，道经中称他为“镇天真武灵应佑圣帝君”，简称“真武帝君”，民间称“荡魔天尊”“报恩祖师”“披发祖师”等。《明史·姚广孝传》载云：

(明成祖起兵当天),出祭纛,见披发而旌旗蔽日。太宗(明成祖)顾之曰:“何神?”曰:“向所言吾师玄武神也!”于是太宗仿其像,披发仗剑相应。

“玄武”即“真武”也,宋代时为避宋真宗讳而改“真武”为“玄武”。既然得到了“真武大帝”的庇佑,朱棣自然就会对道教优待有加了。刚一即位,朱棣就将“正一天师”印诰交还给了张宇初,并隆重加封“真武大帝”为“北极镇天真武玄天上帝”,以“真武大帝”为护国大神,在京师建真武庙,在御用的监、局、司、厂、库等衙门中,全都建有真武庙,庙中供奉“真武大帝”塑像,左右两旁塑龟蛇二将,以彰显“真武大帝”之神武。整个道教的地位随之大幅上升。而朱棣如此崇奉道教也成为了后世皇帝的榜样。从《明实录》和《万历续道藏》中的《汉天师世家》可以看出,明成祖以后的明代各个皇帝都对道教中神人予以封赏。明成祖死后,其子仁宗命天师张宇清为父母“修荐扬大斋”,因“有瑞应”故赏赉甚丰,即位后,封高道刘渊然为“冲虚至道六妙无为光范衍教庄静普济大真人”,给二品印诰,其品级与六部尚书同。宣宗继位后,立即加封张宇清为“正一嗣教清虚冲素光祖演道崇谦守静洞玄大真人”,宣德八年(公元1433年)于北京建朝天宫,以奉祀“玉皇大帝”等道教诸神。英宗继位后,按宣宗遗命,在朝天宫内东北隅又建天师府迎四十五代天师张懋丞入住。景泰六年(公元1455年)四月,命天师张元吉于灵济宫建大斋醮,“鸾鹤群至”有瑞应,代宗大喜,遂加封张元吉为"正一嗣教冲虚守素绍祖崇法安恬乐静玄同大真人",赏赐极丰。英宗复位后,加封张元吉之母为"慈和端惠贞淑太玄君"。宪宗崇奉道教更笃,常在宫内赐宴张天师,并赐以"正一嗣教大真人金印",继而又加赐玉印,亲书"大真人府"四字为天师府第门额。宪宗还加封"金阙、玉阙真君为上帝,遣(万)安祭于灵济宫"。金阙、玉阙即五代时的徐知证、徐知谔兄弟,为明成祖所加封号,在道教诸神灵中的地位并不算很高,宪宗这时居然加封为"上帝",荣宠备极矣。明孝宗被誉为明代的中兴之主,但他崇奉道教毫不逊色于其父。他继位后,命张天师于内庭建醮为他"祈圣子"。皇子出生后,他认为建醮有验,对天师大加赏赐。此后。他时设斋醮,"糜费万计"。孝宗甚至命道士崔志端掌太常寺,"带衔为礼部尚书"。其子武宗喜佛,但亦不排斥道教,南巡时还曾命天师张彦项为他除妖。

就对道教痴迷的程度而言,世宗嘉靖皇帝在中国古代帝王中大概是数一数二之人了,也许只有宋朝的那个徽宗皇帝可与之相媲美,然宋徽宗只给自己上道号为"教主道君皇帝",尚未对其父母加封道号,而嘉靖皇帝则对其父加道号为"仁化大帝",其母为"妙化元君"。完整的封号字数都很多。嘉靖帝起初给自己加的道号是"灵霄上清统雷元阳妙一飞玄真君"。他大概嫌这个道号字数太少,于是再加道号为"九天弘教普济生灵掌阴阳功过大道思仁紫极仙翁一阳真人元虚玄应开化伏魔忠孝帝君"。后来,他又第三次给自己加道号为"天上大罗天仙紫极长生圣智昭灵统元证应玉虚总掌五雷大真人玄都境万寿帝君"。在古代,封号字数越多越显得尊崇。明成祖授四十四代天师张宇清的封号为“清虚冲素光祖演道大真人”，在“大真人”前仅8个字。后来，宣德帝和成化帝都增加到18个字，已甚隆崇。但嘉靖帝觉得还不够，居然增加到20字，为“怀玄抱真养素守默葆光履和致虚冲静承先弘化大真人”。嘉靖帝甚至授给他宠信的道士邵元节的封号也达18字，为“清微妙济守静修真凝元衍范志默秉诚致一真人”，可谓极尽隆宠之能事啊。《明史·海瑞传》载有海瑞在嘉靖四十五年（公元1566年）的上疏，主要内容即历数嘉靖帝崇道之误，“陛下之误多矣，其大端在于斋醮”，“一意修真，竭民脂膏，滥兴土木，二十余年不视朝”。海瑞为此被逮系诏狱，“昼夜讯”，只因嘉靖帝不久死去，海瑞才被释复官。

隆庆帝继位后，鉴于嘉靖帝过于痴迷道教，朝政废弛，便采取了一些限制道教的措施，但隆庆帝对“真武大帝”仍很崇敬，隆庆元年（公元1567年）即遣尚宝司少卿徐昆往祭“真武大帝”。隆庆帝在位仅6年，他的儿子万历帝亦痴迷道教，只是不像嘉靖帝那样大张旗鼓，但他崇信道教的程度实际上并不亚于嘉靖帝。万历帝即位不久，即恢复了张国祥被隆庆帝废掉的“正一大真人”封号，赐金印，秩二品，还亲自做媒将驸马都尉谢诏之女嫁给张国祥为妻。不仅张国祥一人受宠，他的父母、祖父母都受到万历帝的恩封，其封号都极为隆崇，甚至他的妻子谢氏也被封为“贞淑玄君”。张国祥的母亲死后，万历帝不顾许多大臣的反对，破例“特与祭九坛以示优”，过去“文臣一品始得祭九坛”。万历三十八年（公元1610年），万历帝命江西留税银3万两交张国祥修龙虎山上清宫、三清殿等殿宇房屋。万历帝也像他的祖父嘉靖帝那样整月整年地在宫中做斋醮，为此居然一连十几年、二十几年不上朝，其“怠政”之严重旷古罕见。尤其值得一提的是，正是万历帝将关羽崇拜推广到全国城乡。关羽在北宋末年即受到崇祀，洪武时在南京鸡鸣山建关公庙，永乐元年（公元 1403 年），明成祖建关公庙于北京，万历帝则封关羽为“三界伏魔大帝神威远震天尊关圣帝君”，定关羽为武庙的主神，称“武圣”，与孔子并称为“文武二圣”。于是关公庙迅速遍及全国城乡各地，不仅道教尊奉为“关圣帝君”，有些佛教寺庙中也争相奉祀关公。这是中国很特殊又很引人瞩目的一种文化现象，也是儒、佛、道“三教”融合的体现。

万历以后的三个明朝皇帝中，光宗只在位一个月，因服丹药致死。天启帝在位只 7 年，亦崇道，还曾敕修太和山玉虚宫，亦是服丹药致死。崇祯帝起初亦甚崇道，对五十代天师张应京加封太子太保，并晋封张道陵为“六合无穷高明大帝”。这种“大帝”的封号比“天师”还要尊崇。因崇道而排佛，他下令毁掉宫内数百尊大大小小的佛像。由于对李自成和对清兵作战连连失利，崇祯帝便向“玉皇大帝”祈祷希望发天兵天将来帮助他，后来他感到道教诸神不能帮助他挽救明王朝的危亡，便在汤若望等人的引导下改奉天主教，希望西方的神灵能帮助明王朝转危为安。为此他甚至撤毁了宫中的玉皇殿，然可悲的是，崇祯帝无论寄望于中国的神还是外国的神都无法挽救明王朝最终灭亡的命运。

明朝皇帝如此崇道对明朝的社会产生了巨大而诸多的影响，影响之一便是大大地促进了道教的民间化和世俗化。如果说，宋代是道教诸神谱系的形成时期，那么明代就是对道教诸神的奉祀进入民间化和世俗化的时期，在民间敬奉的带有世俗色彩的道教诸神中，大多数都是在明代定型并得到普遍奉祀的。如在民间广泛流传的“八仙”，虽在唐代已出现了《八仙图》《八仙传》等，但直到宋元时期，“八仙”究竟指哪八个仙人仍说法不一，直到明代才正式明确了下来，即李铁拐、钟离权、张果老、何仙姑、蓝采和、吕洞宾、韩湘子和曹国舅。而作为“八仙”之一的吕洞宾，其地位在明朝亦大幅蹿升。据《万历野获编》卷14《吕仙封号》条载，嘉靖二十五年（公元1546年）建成“永禧仙宫”，嘉靖帝命内阁首辅夏言“告纯阳孚佑帝君”。吕洞宾又号纯阳子，“纯阳孚佑帝君”就是嘉靖帝对吕洞宾的封号。以“帝君”加封当然是十分尊崇的。值得注意的一个历史现象是，随着明中期以后工商业的发展，各行各业兴起了一股行业神崇拜风，如制墨匠祀吕祖，文具商祀文昌帝君，打铁匠祀太上老君，甚至连娼妓和窃贼为了显示自己是一个行当亦分别奉祀管仲和时迁。这些行业保护神绝大多数属于道教系统，有的甚至还受到明朝皇帝的册封。

明朝社会上上下下的崇道之风可谓越刮越猛、愈演愈烈也。这股风气影响于文学之上便是道教神祇的形象频繁地出现在各类文学艺术作品，尤其是小说作品之中。在明代的小说作品中，“八仙”、玉皇大帝和太上老君等诸神的形象几乎随处可见。长篇神怪小说《封神演义》，几乎全是道教诸神斗法的故事。神魔小说《西游记》，虽以唐僧去西天取佛经为主线，但孙悟空“大闹天宫”闹的却是玉皇大帝。英雄主义小说《水浒传》，开篇就说张天师放出妖魔 108 人,这就是后来的梁山 108 将。世情小说《金瓶梅》中也有不少道士和仙姑的形象,他们还经常为西门庆的家人消灾治病。在罗懋登所著的《三宝太监西洋记通俗演义》中,前十几回都是描述碧峰长老出家、降魔及其与张天师斗法等事。在短篇小说集《三言》《二拍》中,道教神祇的形象亦随处可见。这种文学现象既是道教民间化和世俗化的表现,反过来又进一步促进了道教的民间化和世俗化。只是有点不幸的是,道教虽然在明朝极大地民间化和世俗化了,可明诗却被这种民间化和世俗化给一点点地吞噬和淹没了。这既是明人的大不幸,但同时也是明人的大幸,如若不然,“唐诗、宋词、元曲、明清小说”之语又何以粲然出现?

要之,刘勰所言甚是有理,“风动于上”而“波震于下”,在中国古代封建社会中应该是概莫能外之事。明朝皇帝大多缺乏文化,更缺乏“诗癖”,偶有“诗癖”者又似乎先天不足,加之明朝皇帝大都懒惰荒政,又一味“虔诚”崇道,明朝统治者既如此“风动于上”,明朝诗坛自然会有相应的“波震于下”,明朝诗坛的疲软不振也就不足为奇了。

综之,明朝最高统治者的群体昏聩,理应是明诗衰落的首要原因。

第二论 “兴象”严重缺失，是明诗衰落的重要原因

作为一种文学或诗学的概念，“兴象”一词是由唐代的殷璠在其《河岳英灵集》中率先提出来的。只是，殷璠虽然提出了这一概念，但并未从理论上解释清楚。要弄清“兴象”一词的涵义，恐怕还得先从“兴”这一古老的概念开始说起。然而，要弄清“兴”这一概念的内涵或意义，却着实不是一件容易的事情。

“兴”较早出现在《论语》一书中：

> 兴于诗，立于礼，成于乐。(《论语·泰伯》
>
> 诗可以兴，可以观，可以群，可以怨。(《论语·阳货》)

“兴于诗”中的“兴”可作“开始”讲，“诗可以兴”中的“兴”可作“激发”解。很明显，《论语》中的“兴”，虽然与“诗”不无关系，但与诗歌本身却隔着相当的距离。与诗歌本身渐相融合的“兴”最早出现在《周礼·春官·大师》中：

> 教六诗，曰风，曰赋，曰比，曰兴，曰雅，曰颂。以六德为之本，以六律为之音。

“兴”成为“六诗”中的一种，与“六德”和“六律”相关。而到了《毛诗序》当中，“六诗”则变成了“六义”：

故诗有六义焉，一曰风，二曰赋，三曰比，四曰兴，五曰雅，六曰颂。

如“第一论”开篇所述，《毛诗序》中将“风、雅、颂”的含义论述得十分详细，而对何为“赋、比、兴”却缄口不言。实际上，从《毛诗序》开始，一直到今天，“兴”究竟作何解释就一直缠夹不清了。

然而，如果删繁就简，将从古至今有关“兴”的各种解释简单地梳理一遍则又不难发见，尽管对“兴”的释义林林总总、五花八门，撮其要，大致也不外乎有这么三种情形或方法：方法之一，对“兴”做政治或社会的解说；方法之二，对“兴”做语言或修辞的解说；方法之三，对“兴”做文学或审美的解说。

先说“之一”：“兴”的政治或社会释义。东汉末年经学大师郑玄在给《周礼·春官·太师》作注时有云：

赋之言铺，直铺陈今之政教善恶。比，见今之失，不敢斥言，取比类以言之。兴，见今之美，嫌于媚谀，取善事以喻劝之。

这应该是最早对“赋、比、兴”做出界说的出处，也是汉代“比刺兴美”说的由来，显然带有浓厚的政治色彩。这与《毛诗序》中的政治教化观念如出一辙。后世承继者亦不乏名家。如刘勰在《文心雕龙·比兴》中有云：

“比”则畜愤以斥言，“兴”则环譬以记讽。盖随时之义不一，故诗人之志有二也。

刘勰还举例云：

观夫“兴”之托谕，婉而成章；称名也小，取类也大。《关雎》有别，故后妃方德；尸鸠贞一，故夫人象义。

唐代经学家孔颖达虽然不同意郑玄的“比刺兴美”之说，认为“其实美刺俱有比兴也”（《毛诗正义》），但在为《诗经》中的具体作品作注时却又与《毛诗序》和郑玄的观点一脉相承。如《齐风·南山》中的“南山崔崔，雄狐绥绥”一句，《毛诗序》注曰：

南山崔崔，雄狐绥绥。兴也。南山，齐南山也。崔崔，高大也。国君尊严，如南山崔崔然。雄狐相随，绥绥然无别，失阴阳之匹。

郑玄笺曰：

雄狐行求匹耦于南山之上，形貌绥绥然。兴者，喻襄公居人君之尊，而为淫泆之行，其威仪可耻恶如狐。

孔颖达疏曰：

毛以为，南山、雄狐，各自为喻。言南山高大崔崔然，以喻国君之位尊高如山也。雄狐相随绥绥然，雄当配雌，理亦当然也。今二雄无别，失阴阳之匹，以喻夫当配妻。今襄公兄与妹淫，亦失阴阳之匹。以襄公居尊位而失匹配，故举淫事以责之。言鲁之道路有荡然平易，齐侯之子女文姜用此道而归嫁于鲁。既曰归于鲁止，自有夫矣，襄公何为复思之止？而与之会，为此淫乎？

三者的释词虽有差异，其实一也，政治教化或社会教化一以贯之也。这种以政治遮蔽艺术、以意识形态曲解诗歌情意的经学家的解释方法，显然离开了诗歌艺术的基本常识，当不足为取，亦向为后人所抛弃。然而，若从辩证的角度来看待，这种看似违背诗歌常识的政治解说之中，其实也包含着一种合理的成分在内，那就是，其中非常鲜明地体现出了中国古代文化的“诗教”传统和“诗言志”的精神。而实际上，经学家提出的“比刺兴美”的观点也就是这种传统和精神的产物。正因为如此，后人虽多抛弃了“比刺兴美”学说，但其中的诗教传统，尤其是“诗言志”的精神却不可避免地继承了下来。如唐代陈子昂在其《与东方左史虬修竹篇序》中有云：

文章道弊五百年矣。汉魏风骨,晋宋莫传,然而文献有可征者。仆尝暇时观齐、梁间诗,彩丽竞繁,而兴寄都绝,每以咏叹,思古人,常恐逶迤颓靡,风雅不作,以耿耿也。

产生于唐代、托名唐代诗人王昌龄的《诗格》有云:

诗有三宗旨:一曰立意,二曰有以,三曰兴寄。

唐人元稹在其《叙诗寄乐天书》中云曰:

得杜甫诗数百首,爱其浩荡津涯,处处臻到,始病沈、宋之不存寄兴,而讶子昂之未暇旁备矣。

元稹在《乐府古题序》中又云:

自风雅至于乐流,莫非讽兴当时之事,以贻后代之人。沿袭古题,唱和重复,于文或有短长,于义成为赘剩。尚不如寓意古题,刺美见事,犹有诗人引古以讽之义焉。曹、刘、沈、鲍之徒时得如此,亦复稀少。近代唯诗人杜甫《悲陈陶》《哀江头》《兵车》《丽人》等,凡所歌行,率皆即事名篇,无复倚傍。余少时与友人乐天、李公垂辈,谓是为当,遂不复拟赋古题。

以上所引中的“兴寄”“寄兴”或“讽兴”，尽管说法不尽相同，却都是强调诗歌必须要具有社会意义，要寄托作者的理想，亦元稹所言“刺美见事”者也。唐代大诗人白居易“新乐府运动”的口号“文章合为时而著，歌诗合为事而作”，虽然表面上未提到“兴”字，其实就是把诗教的传统和诗言志的精神标语化罢了。这其中自然含有较为合理或值得肯定的因素。

然而，随着时代的发展，唐以后的文论之中，“兴”被赋予的政教色彩有无限升高之嫌，亦略等于汉代的“比刺兴美”者也。如北宋文人郭思在其《瑶溪集》中云曰：

> 《诗》之六义，后世赋别为一大文，而比少兴多，诗人之全者，惟杜子美时能兼之。如《新月诗》：‘光细弦欲上，影斜轮未安。’位不正，德不充，风之事也。‘微升古塞外，已隐暮云端。’才升便隐，似当日事，比之事也。‘河汉不改色，关山空自寒。’河汉是矣，而关山自凄然，有所感兴也。‘庭前有白露’，露是天之恩泽，雅之事。‘暗满菊花团’，天之泽止及于庭前之菊，成功之小如此，颂之事。说者以为子美此诗，指肃宗作。

虽然郭思在该段文字中并非全然论“兴”，但也不难看出，这里的“兴”与“风”“比”“雅”“颂”一样，都具有政治教化的功用。换言之，在郭思看来，杜甫的诗歌当中，那些貌似写景的诗句，其实都是对当时社会现实(包括统治者)的影射或讽喻,亦即"比刺兴美"是也。这种穿凿附会的理解,当然是不符合杜甫诗歌实际情况的。难怪时人黄庭坚在其《大雅堂记》中言道:

> 彼喜穿凿者,弃其大旨,取其发兴,于所遇林泉人物,草木虫鱼,以为物物皆有所托,如世间商度隐语者,则子美之诗委地矣。

斯言甚是也。虽然诗歌艺术不免有其政治教化的功能,但诗歌艺术绝对不等同于政治教化,若"以为物物皆有所托",则不仅"子美之诗委地矣",一切的文学艺术作品恐怕都得"委地矣"。

概言之,对"兴"作政治或社会的释义,牵强附会,弊端显见,也与文学或诗学概念"兴象"的本质属性干系了了。

"兴"的释义之二,做语言或修辞的解说。这种解说不仅由来已久,且众说纷纭,莫衷一是。前文所引东汉末年经学大师郑玄在给《周礼·春官·太师》作注时所云"比,见今之失,不敢斥言,取比类以言之。兴,见今之美,嫌于媚谀,取善事以喻劝之",不仅开了"赋、比、兴"界说的先河,同时也是将"比"与"兴"同类并提的滥觞,认为"比"与"兴"表面为二,实则为一,都具有讽喻统治或社会的功能,唯修辞上略有不同,"比刺"而"兴美"也。前文所引刘勰在《文心雕龙·比兴》篇中所言"'比'则畜愤以斥言,'兴'则环譬以记讽"便是刘勰对郑玄之说的继承和发展,"发展"者何?"比显而兴隐"(《文心雕龙·比兴》)者也。换言之,作为诗学中的一个概念,"兴"从它诞生的那天起,似乎就与"比"结下了不解之缘。只是"兴"与"比"究竟作何解释,此二者是否真的可以"合二为一",好像谁也说不清楚,更难以服众。难怪朱自清先生在其学术名著《诗言志辨》中如此言道:

> 赋、比、兴的意义,特别是比、兴的意义,却似乎缠夹得多,《诗集传》以后,缠夹得更厉害,说《诗》的人你说你的,我说我的,越说越胡涂。

虽然是"越说越胡涂",却也不妨罗列一些相关的解释和观点以资备忘。最早从语言或修辞角度给"比"和"兴"下定义的是被称为"先郑"的汉代经学家郑众。郑玄《周礼·大师》注引郑众语曰:

> 比者,比方于物;兴者,托物于事。

至于"比方于物"与"托物于事"究竟有何区别,是否如刘勰所言"比显而兴隐",郑众未语。东汉学者王逸在其《离骚经序》中言道:

> 《离骚》之文,依诗取兴,引类譬喻,故善鸟香草以配忠贞,恶禽臭物以比谗佞,灵修美人以媲于君,宓妃佚女以譬贤臣,虬龙鸾凤以托君子,飘风云霓以为小人。其辞温而雅,其

义皎而朗。凡百君子，莫不慕其清高，嘉其文采，哀其不遇，而愍其志焉。

王逸虽然说的是《离骚》，但其中的“兴”意却是“依诗”而来，且无非“引类譬喻”之意也。这“引类譬喻”四字，影响可谓深远也。三国魏玄学家何晏在其《论语集解·阳货》中引西汉经学家孔安国语：“兴，引譬连类。”也就是说，“兴”在语言上或作为一种修辞的手段，其作用无虑“引类譬喻”或“引譬连类”也，亦即刘勰所言“环譬”也。此“环譬”之用与“比”用又有何区别？南宋大理学家朱熹在其《诗集传》中对此曾有过一段著名的论断：

赋者，敷陈其事而直言之也；比者，以彼物比此物也；兴者，先言他物以引起所咏之词也。

朱熹此论流传甚广，影响颇大。然而问题在于，“兴”中的“先言他物”与“所咏之词”到底是什么关系？若二者了无关系，要他何用？若二者有所关联，则又与“以彼物比此物”有何分别耶？清代杰出经学家姚际恒在其《诗经通论·诗经论旨》中曾批驳朱熹道：

《集传》之言曰：‘兴者，先言他物，以引起所咏之辞也。比者，以彼物比此物也。’语邻鹘突，未为定论。故郝仲舆驳之，谓‘先言他物’与‘彼物比此物’有何差别，是也。愚言当云，兴者，但借物以起兴，不必与正意相关也。比者，以彼物比此物也。如是，则兴、比之义差足分明。然又有未全为此，而借物起兴与正意相关者，此类甚多，将何以处之？

姚氏所批确有道理，然姚氏自己也承认，《诗经》三百篇之中"又有未全为此，而借物起兴与正意相关者，此类甚多"，又"将何以处之"也？看来，"兴"与"比"也许真的难以区分也。而实际情况是，古今论者在言及"比、兴"之时多是将此二者相提并论的。唐代文人柳宗元在其《杨评事文集后序》中云：

文有二道：辞令褒贬，本乎著述者也；尊扬讽谕，本乎比兴者也。著述者流，盖出于《书》之谟、训，《易》之象、系，《春秋》之笔削，其要在于高壮宽厚，词正而理备，谓宜藏于简册也。比兴者流，盖出于虞、夏之咏歌，殷、周之风雅，其要在于丽则清越，言畅而意美，谓宜流于谣颂也。兹二者，考其旨义，乖离不合，故秉笔之士，恒偏胜独得，而罕有兼者焉。

在柳氏笔下，"比"和"兴"是互相连属的。而在明人眼中，"比"和"兴"似乎本来就错杂纠缠在一起：

诗有三义，赋止居一，而比兴居其二。所谓比与兴者，皆托物寓情而为之者也。盖正言直述，则易于穷尽，而难于感发。惟有所寓托，形容摹写，反复讽咏，以俟人之自得，言有尽而意无穷，则神爽飞动，手舞足蹈而不自觉，此诗之所以贵情思而轻事实也。（李东阳《麓堂诗话》）。

夫诗比兴错杂，假物以神变者也。难言不测之妙，感触突发，流动情思，故其气柔厚，其声悠扬，其言切而不迫，故歌之心畅而闻之者动也。（李梦阳《空同先生集》）。

二李言中的“比”和“兴”简直是难以拆分了，要之，“皆托物寓情而为之”，“假物以神变者也”。明人如此，清人亦然，且似乎更甚：

大抵文章实做则有尽，虚做则无穷。雅、颂多赋，是实做，风、骚多比兴，是虚做。唐诗多宗风、骚，所以灵妙。（吴乔《围炉诗话》）

诗之失比兴，非细故也。比兴是虚句活句，赋是实句。有比兴，则实句变为活句；无比兴，则实句变为死句。（吴乔《围炉诗话》）

唐诗有意，而托比兴以杂出之，其词婉而微，如人而衣冠。宋诗亦有意，惟赋而少比兴，其词径以直，如人而赤体。（吴乔《围炉诗话》）

诗所以贵比兴者，质言之不足，比兴言之，则宛转详尽。（陈祚明《采菽堂古诗选》）

事难显陈，理难言罄，每托物连类以形之。郁情欲舒，天机随触，每借物引怀以抒之。比兴互陈，反复唱叹，而中藏之

欢愉惨戚,隐跃欲传,其言浅,其情深也。(沈德潜《说诗晬语》)

由汉以降,变而为五对,古诗十九章,多枚叔之词。乐府鼓吹曲十余章,比骚雅之旨。张衡《四愁》,陈思《七哀》,曹公苍莽,"对酒当歌",有风云之气。嗣后阮籍、傅玄、鲍明远、陶渊明、江文通、陈子昂、李太白、韩昌黎,皆以比兴为乐府琴操,上规正始;视中唐以下,纯乎赋体者,固古今升降之殊哉。(陈沆作《诗比兴笺》,魏源为之作序云)

以上所论,虽角度各异,但"比、兴"并提一也。不独古人如此,近人、今人亦不乏如是观者:

比兴之道,与说礼记事异术,心所怅触,则敷陈之,不必耳目所闻见也。(章太炎《蓟汉三言》)

《诗经》中比、兴两类就是有意要拿意象来象征情趣,但是通常很少完全做到象征的地步,因为比兴只是一种引子,而本来要说的话终须直率说出。(朱光潜《诗论》)

诗要用形象思维,不能像散文那样直说,所以比兴两法是不能不用的。赋也可以用,如杜甫之北征,可谓敷陈其事而直言之也,然其中亦有比兴。比者以彼物比此物也,兴者,先言他物以引起所咏之词也。(毛泽东一九六五年七月廿一日在给陈毅元帅的一封信中所云)

毛泽东他老人家似乎又回到朱熹的观点上去了。于是乎，有文人、学者干脆就将“兴”与象征的修辞手法等同了起来。如周作人在1926年为刘半农的《扬鞭集》作序时云：

新诗的手法我不很佩服白描，也不喜欢唠叨的叙事，不必说唠叨的说理。我只认抒情是诗的本分，而写法则觉得所谓的“兴”最有意思，用新名词来讲或可以说是象征。

闻一多在其《说鱼》中亦云：

西洋人所谓意象、象征，都是同类的东西，而用中国术语说来，实在都是隐。

这就又回到刘勰的“比显而兴隐”上来了。有意思的是，不仅是中国人了，就连研究中国文化的外国人也有着类似的观点。如日本学者青木正儿在其《中国文学概论》一书中例举《周南·关雎》一诗时云：

以雎鸠之雌雄多鸣于河中之洲之状，比着窈窕的淑女，君子作为好的配偶而求之，像这样先举比喻然后叙说真意之法叫做“兴”。

既然“先举比喻”，那其实也就是“比”的一种了。如此看来，作为语言或修辞手法的“兴”,实在是与语言或修辞手法的“比”难分难解了。而事实似乎也验证了这一点。例如《周南·关雎》一诗,《毛诗正义》标为“兴”,而南宋进士黄櫄却以为该诗“一篇皆比也”,其理由如次:

> 荇菜之洁可以为祭祀之用,故诗人复引之以为比也。凡观诗人之辞,因一物以起义者,皆兴辞也。合二事以并用者,皆比辞也。曰“关关雎鸠,在河之洲”,则复并而言之曰“窈窕淑女,君子好逑”,此以关雎之和鸣而比后妃之德也。曰“参差荇菜,左右流之”,则亦并而言之曰“窈窕淑女,寤寐求之”,此以荇菜之可以供祭祀者而比后妃之贤也。(李樗、黄櫄《毛诗集解》卷一)

且不论黄氏释“比”义带有的经学的色彩是否妥当,就黄氏的比兴观来看,“因一物以起义者,皆兴辞也。合二事以并用者,皆比辞也”,个中的“兴”与“比”也实在是难以区分清楚的。而事实情况是,不仅“兴”与“比”经常纠缠在一起,就连一向无多歧义的“赋”也时或与“比兴”缠夹在一块儿让人不置可否。例如《卫风·竹竿》一诗,诗云:

籊籊竹竿
以钓于淇
岂不尔思

远莫致之

泉源在左
淇水在右
女子有行
远兄弟父母

淇水在右
泉源在左
巧笑之瑳
佩玉之傩

淇水滺滺
桧楫松舟
驾言出游
以写我忧

此诗有人释为“比”。《毛诗序》释为“兴”:“兴也……钓以得鱼,如妇人待礼以成为室家。”黄櫄也以为是“兴”,其理由是:

人惟其愁困憔悴之中,则思其昔日逸乐之事。《竹竿》一诗,盖女适异国而不见答,故思其国俗之乐以见欲归之意。此诗所言皆兴也,而先儒以为比,则已失其义矣。噫,《谷风》

之妇有怨辞,《载驰》之夫人有悲辞,而《竹竿》一诗雍容和缓,述其昔日之乐而不言今日之恨,为此诗者,其亦敦厚之人乎?故曰“思而能以礼者也”。(李樗、黄櫄《毛诗集解》卷八)

黄氏不仅以为该诗为“兴”,且“此诗所言皆兴也”。然朱熹在其《诗集传》里释为“赋”,欧阳修在其《诗本义》中也释为“赋”。欧式的观点是:

《竹竿》之诗,据文求义,终篇无比兴之言,直是卫女嫁于异国不见答而思归之诗尔。其言多述卫国风俗所安之乐,以见已志,思归而不得尔,而毛郑曲为之说,常以淇水为比喻。

再如《郑风·风雨》一诗,《毛诗序》传曰:“兴也。”郑玄笺曰:“兴者,喻君子虽居乱世,不变改其节度。”而朱熹则注曰:“赋也……淫奔之女言当此之时,见其所期之人而心悦也。”凡此种种,不一而足。究竟孰是孰非耶?抑或本来就无是无非耶?郑笺所云“兴者,喻君子虽居乱世,不变改其节度”,“兴”与“比”在语言或修辞上岂不是同义也?抑或刘勰所云“比显而兴隐”乃是个中的论也?

朱自清先生有两句话应该值得我们重视,话云:

《毛传》“兴也”的“兴”有两个意义,一是发端,一是譬

喻，这两个意义合在一块儿才是“兴”。(《诗言志辨》)

朱先生以为，如果只是单纯的“譬喻”，且不是出现在诗歌发端的位置(此“发端”之义应该有二，一是一首诗的开端，一是一段诗的开端)，那就不能算是“兴”，而只能算是“比”。此论颇有见地。何哉？“兴”实乃民歌常用的一种修辞方法也。如果我们把“兴”放到民歌当中去考量，则“兴”的语言或修辞的意义就相当地清晰了。据朱自清先生在其《诗言志辨》中的统计，《诗经》三百零五篇诗作中，《毛诗序》注明为“兴”的共有一百一十六首，占总数的百分之三十八，其中《国风》有“兴诗”七十二，《小雅》有“兴诗”三十八，《大雅》有四首“兴诗”，“三颂”加在一块儿总共只有两首“兴诗”。为何从《国风》到《小雅》再到《大雅》和“三颂”，“兴诗”的数量越来越少也？原因只能是，其中民歌的数量越来越少也。众所周知，《国风》中几乎都是民歌，《小雅》有部分民歌，而《大雅》和“三颂”之中民歌便阙如了，以致“兴诗”寥若晨星耳。换言之，只要有民歌，那就一定有朱自清先生所说的“兴”，从古至今，概莫能外，因为中国民歌艺术上的一大显著特点，便是它的“即兴性”，唯不同的时代、不同的地域有其不同的时代和地域特点，民歌中的“兴诗”数量的多寡略有不同罢了。另一方面，正因为民歌具有很浓的“即兴性”，故而“兴”的构成往往是以自然景象为主。据三国时吴人陆玑统计，《诗经》中写到的自然景象之草木凡八十余种，鸟兽凡三十余种，虫鱼凡三十种(陆玑《毛诗草木鸟兽虫鱼疏》)。而据当代诗人流沙河的统计，仅《毛诗序》中所标明之《诗经》之“兴”诗，共三百八十九种意象，其取材于山川草木、鸟兽虫鱼者，凡三百四十九种。此种现象，与几乎同时期的古希腊史诗多述海上之征伐、社会人事之冲突，显然大异其趣。这就是具有中国民族特色的诗歌表现手法，这种手法就谓之“兴”。

当代大学者顾颉刚于 1925 年发表了一篇题为《起兴》的文章，引起了热烈的讨论，使赋、比、兴的研究出现了一次高潮。顾先生察觉到了朱熹《诗集传》对赋、比、兴认识与标定的混乱，于是通过对现代民间歌谣表现方法的分析去推论《诗经》中的“起兴”，在文章中列举了“阳山头上竹叶青，新做媳妇像观音”、“阳山头上花小篮，新做媳妇多许难”等九条民谣开端的资料，然后有云：

> 在这九条中，我们很可看出起首的一句和承接的一句是没有关系的。例如新做媳妇的美，并不在于阳山顶上竹叶的发青；而新做媳妇的难，也不在于阳山顶上有了一只花小篮。它们所以会得这样成为无意义的联合，只因“青”与“音”是同韵，“篮”与“难”是同韵。若开首就唱“新做媳妇像观音”，觉得太突兀，站不住，不如先唱了一句“阳山头上竹叶青”，于是得了陪衬，有了起势了。（《古史辨》第三册下编）

顾先生认为，起兴与下文只是一种“无意义的联合”，其功用乃是以“兴”协韵发端，为了避免开端的“突兀”。其“四大弟子”之一的何定生先生也运用相同的方法推导出相同的结论，论曰：

所谓“兴”者，正正就是像前举的民谣那半首没干系的句法；而也是那换声的方法了。故我们要是下个“兴”的定义，就是：“歌谣上与本意没有干系的趁声。”乱七八糟，什么东西，撞到眼，逗上心，或是鼓动耳朵，而适碰著诗兴，于是就胡乱凑出来——或者甚而有时诗意都没尝打算，只管凑凑成了。这个就是“兴也”所成的《诗经》的秘密。（《古史辨》第三册下编）

不难看出，顾氏师徒对“兴”的看法与朱自清先生的观点不尽相同。笔者以为，相较而言，朱先生的看法较为中肯，且也符合中国民歌的实际情况。中国民歌中的“兴”既有与下文意义无关的兴，也有与下文意义有关的兴，而且多与下文意义有关。《诗经》中“兴”也同样存在无关、有关两种，并且也是无关者少、有关者多，如《周南·汉广》一诗中的“南有乔木，不可休思。汉有游女，不可求思”，《小雅·甫田》一诗中的“无田甫田，维莠骄骄。无思远人，劳心忉忉”等等，也许今天看不出“兴”与下文的联系，可是要知道《诗经》创作的时代尚处于类比联想阶段，只要客观物事与主观情志存在相似、相关的关系，哪怕只是诗句句式的相似，时人便认为他们之间存在着逻辑关联，便可进行类比联想（顾颉刚先生所举的“阳山头上竹叶青，新做媳妇像观音”的例句，其实前句和后句之间是有着明显的关联的）。《诗经》中的民歌如是，历朝历代的民歌亦如是。如汉乐府中的《白头吟》一诗云：

皑如山上雪
皎若云间月
闻君有两意
故来相决绝
今日斗酒会
明旦沟水头
躞蹀御沟上
沟水东西流
凄凄复凄凄
嫁娶不须啼
愿得一心人
白首不相离
竹竿何袅袅
鱼尾何簁簁
男儿重意气
何用钱刀为

该诗“皑如山上雪,皎若云间月”二句,喻意较为明显,却也是“兴”,因为用在“发端”,是具有“譬喻”的“兴”,亦即朱熹所言的“兴而比”;而诗中的“竹竿何袅袅,鱼尾何簁簁”二句,因为不处在“发端”的位置,则是标准的“比”了。汉乐府中的扛鼎之作《孔雀东南飞》的开篇之句“孔雀东南飞,五里一徘徊”就更是典型的

“兴”了。南北朝民歌虽然较为特殊(五言四句较多,且南朝民歌经文人改窜的痕迹十分明显),但却也不乏以“兴”起头的作品。例如《琅琊王歌辞》之三云:

东山看西水
水流磐石间
公死姥更嫁
孤儿甚可怜

再如《折杨柳歌辞》之四云:

遥看孟津河
杨柳郁婆娑
我是虏家儿
不解汉儿歌

这两首民歌的开头二句,都属于朱自清先生所言的“兴”。再举明朝的民歌为例。明人是很看重自己的民歌的。明代文学家、戏剧家卓人月曾有云:

我明诗让唐、词让宋、曲又让元,庶几《吴歌》《挂枝儿》《罗江怨》《打枣竿》《银铰丝》之类,为我明一绝耳。(明·陈宏绪《寒夜录》引)

虽然明代的民歌多以直抒胸臆的“艳词”为主，且不少文人也积极参与“艳词”的创作（以冯梦龙搜集、整理的民歌集《山歌》和《桂枝儿》为例，举凡文人仿作的民歌，冯氏都做了注明，如《是非》一首注为黄方胤作，《喷嚏》一首注为董斯张作，《捉奸》一首注为苏子忠作等，冯氏自己也仿作有《谢杜康》、《送别》、《汤婆子》、《竹夫人》等），然明代民歌之中运用“兴”法的作品亦不鲜见。如《专心》一首云：

满天星当不得月儿亮
一群鸦怎比得孤凤凰
眼前人怎比得我冤家模样
难说普天下是他头一个美
只我相交中他委实强
我身子儿陪着他人也
心儿中自把他想（冯梦龙《桂枝儿》欢部二卷）

起头二句自是“兴而比”也。再如《泣想》一首云：

青山在，绿水在
冤家不在
风常来，雨常来
书信不来

灾不害，病不害
相思常害
春去愁不去
花开闷不开
泪珠儿汪汪也
滴没了东洋海（冯梦龙《桂枝儿》想部三卷）

“青山在，绿水在”就是具有“譬喻”的“兴”辞，而“风常来，雨常来”则是同样具有“譬喻”的“比”辞。“兴”辞与“比”辞一目了然也。事实上，正如明代的民歌一样，历朝历代，有许多文人仿照民歌样式而创作的诗歌作品，其“兴”辞的运用也时或可见。唐代大诗人刘禹锡仿照巴渝民歌《竹枝词》而创作的“竹枝词”便是一个典型的实例。刘氏现存十一首竹枝词，几乎每一首都运用了“兴”辞的手法，其中最有名的当然是那首“杨柳青青江水平，闻郎江上唱歌声。东边日出西边雨，道是无晴却有晴”了，该诗首句显然属“兴”辞。汉代文人仿照汉乐府而成的《古诗十九首》之中，“兴”辞亦不难发见。例如《冉冉孤生竹》诗云：

冉冉孤生竹
结根泰山阿
与君为新婚
兔丝附女萝
兔丝生有时

夫妇会有宜
千里远结婚
悠悠隔山陂
思君令人老
轩车来何迟
伤彼蕙兰花
含英扬光辉
过时而不采
将随秋草萎
君亮执高节
贱妾亦何为

开篇二句当为“兴”，而诗中“伤彼蕙兰花，含英扬光辉。过时而不采，将随秋草萎”几句则是“比”。曾经家喻户晓的歌颂毛泽东他老人家的歌曲《东方红》，其创作的来历和过程，很能说明“兴”辞与民歌之间的关系：

《东方红》这首歌的曲调原是晋西北民歌《芝麻油》的曲调，《芝麻油》词云：“芝麻油，白菜心，要吃豆角抽筋筋，三天不见想死个人，呼儿咳呀，哎呀我的三哥哥。”当时红军剧社有个老演员叫方宪章，曾在黄河两岸卖艺唱过此调。1938年，我国著名音乐家安波等人按这个小调填上了新词，名曰《骑白马》，词云：“骑白马，挎洋枪，三哥哥吃了八路军的粮，有心回家看姑娘,呼儿咳吆,打日本我顾不上……”后来这首革命的民歌一直在陕甘宁边区流唱。1944年,延安鲁艺秧歌队在绥德分区演出后,拟写一部反映移民题材的大型秧歌剧《下南路》。这时,作曲家刘炽及诗人贺敬之等人到陕西榆林的佳县、吴堡一带慰问独立一旅的将士,途经乌龙铺(今佳县乌镇),住在骡马店里,得知有两个移民模范李有源、李增正叔侄二人也住在这里,便把他们请了过来,坐在大炕上闲聊,突然,李有源开口道:“我们为宣传移民编了个歌。”一听有了新词,刘炽很快拿出纸笔,准备记歌、记谱。李家叔侄便扯开嗓门唱了起来,歌曰:“东方红,太阳升,中国出了个毛泽东,他为人民谋生存,呼儿咳吆,他是人民大救星……”刘炽一听,这不是《芝麻油》的曲调吗?李家叔侄继续唱道:“山川秀、天地平,毛主席领导陕甘宁,迎接移民开山林,咱们边区满地红;三山低、五岳高,毛主席治国有功劳,边区办得呱呱叫,老百姓颂唐尧;边区红、边区红,边区地方没穷人,有了穷人就移民,挖断穷根翻了身。”(摘引自2010年5月6日《邢台日报》“百泉副刊”,所引文字略有删改)

李家叔侄“为宣传移民编了个歌”,自然就是民歌了,其唱词里的“东方红,太阳升”二句显然是“兴”辞,“兴而比”也。由此可见民歌艺术的“即兴性”特点与“兴”的密切关系。

这里必须强调说明的是,上引李家叔侄唱词里的“山川秀、天地平”和“三山低、五岳高”等几句,如果是用在每一段唱词的开头，则属于“兴”，反之便属于“比”。这是朱自清先生所论“‘兴’有两个意义，一是“发端”，一是“譬喻”，这两个意义合在一块儿才是‘兴’”的原则和关键所在。以此类推，不独是《东方红》的来历作如是观，以上所引的那些民歌（诗歌）也应作如是观。例如《冉冉孤生竹》中的“伤彼蕙兰花，含英扬光辉。过时而不采，将随秋草萎”几句，如果是用在一段诗的“发端”，则就不能作“比”解，而应作“兴”解。如此看来，此解亦并不费解也。或说唐朝大诗人李白仿照北齐民谣《杨叛儿》而作的同名诗歌中也运用了“兴”法。李白《杨叛儿》诗云：

君歌《杨叛儿》
妾劝新丰酒
何许最关人
乌啼白门柳
乌啼隐杨花
君醉留妾家
博山炉中沉香火
双烟一气凌紫霞

诗中第五句“乌啼隐杨花”，或以为是“兴”，其实“比”也，道理很简单，因为它并未用在一首诗或一段诗的“发端”，而是夹在一首诗的中间。当然，若该诗后四句为单列的一段，则“乌啼隐杨花”一句即为“兴”也，理由亦很简单，该句位于一段诗的“发端”也。

综之,“兴”作语言或修辞之解,与“兴象”的关系,比“兴”作政治或社会之解更近了一步。因为语言或修辞上的“兴”,往往是和人的“情”联系在一起的。甚至可以这么说,无“情”则无“兴”。亦正如刘勰所言:

> 故“比”者,附也;“兴”者,起也。附理者,切类以指事;起情者,依微以拟议。起情,故“兴”体以立;附理,故“比”例以生。(《文心雕龙·比兴》)

可见,“兴”就是“起兴”,也就是“起情”。持此论者代有其人。以宋代为例。北宋王安石有云:

> 以其所类而比之,之谓比;以其感发而况之,之谓兴。(《诗义钩沉》)

“感发”者何?“情”也。南宋李仲蒙有云:

> 叙物以言情谓之赋,情物尽者也;索物以托情谓之比,情附物者也;触物以起情谓之兴,物动情者也。(胡寅《斐然集·与李叔易书》引)

在李氏看来,“赋、比、兴”三者皆与“情”相关,非独“兴”也。

这确是很有见地的释义。南宋杨万里亦有云：

> 大抵诗之作也，兴，上也；赋，次也；赓和，不得已也。我初无意于作是诗，而是物是事适然触乎我，我之意亦适然感乎是物是事，触先焉，感随焉，而是诗出焉，我何与哉？天也！斯之谓兴。（《答建康府大军库军门徐达书》）

“触先焉，感随焉”，“兴”起也。而民歌中的“起兴”就更是“是物是事适然触乎我，我之意亦适然感乎是物是事”的结果了。上引《东方红》的始作者李家叔侄不正是因为对毛泽东他老人家“触先焉，感随焉”才创造出那么一首传唱中国大地的“兴诗”吗？此“兴”既与“情”相关，而“兴象”的本质自然也脱离不了一个“情”字，故此“兴”与“兴象”虽藕断亦丝连也。

然而，若归根结蒂，语言或修辞上的“兴”，与“兴象”中的“兴”，终究还是不能完全画上等号。能够画上等号的，是“兴”的第三种释义，即对“兴”做文学或审美的解释。

最早对“兴”作出文学或审美解释的是南朝的文学批评家钟嵘，其释曰：

> 故诗有三义焉：一曰兴，二曰比，三曰赋。文已尽而义有余，兴也；因物喻志，比也；直书其事，寓言写物，赋也。宏斯三义，酌而用之，干之以风力，润之以丹彩，使味之者无极，闻之者动心，是诗之至也。若专用比兴，则患在意深，意深则词

踬。若但用赋体，则患在意浮，意浮则文散，嬉成流移，文无止泊，有芜蔓之累矣。(《诗品·序》)

钟嵘此论中值得注意的地方有很多，如“若专用比兴，则患在意深，意深则词踬。若但用赋体，则患在意浮，意浮则文散”等，然最值得注意的一句话便是“文已尽而义有余，兴也”。这种释义不但新颖独特，且简直就是对“兴”的天才般的解释。此释义不仅毫无汉代经学家的穿凿附会，也大大超越了语言学或修辞学的机械肤浅。它已经将“兴”从具体的《诗经》一书中拈出，将其上升为一种具有普遍意义的十分纯粹的文学或审美意义上的概念了。“文已尽而义有余”，这不正是中国古代文学(尤其是中国古代诗歌)所孜孜追求的至高至上的审美境界吗？从这个意义上来考量，《诗经》(当然包括《楚辞》)里的作品所达到的美学境界也确实是相当有限的。刘勰曾有云：

是以诗人感物，联类不穷；流连万象之际，沈吟视听之区。写气图貌，既随物以宛转；属采附声，亦与心而徘徊。故“灼灼”状桃花之鲜，“依依”尽杨柳之貌，“杲杲”为出日之容，“瀌瀌”拟雨雪之状，“喈喈”逐黄鸟之声，“喓喓”学草虫之韵。“皎日”、“嘒星”，一言穷理；“参差”、“沃若”，两字穷形：并以少总多，情貌无遗矣。虽复思经千载，将何易夺？及《离骚》代兴，触类而长。物貌难尽，故重沓舒状；于是嵯峨之类聚，葳蕤之群积矣。及长卿之徒，诡势瑰声，模山范水，字必鱼贯;所谓诗人丽则而约言,辞人丽淫而繁句也。至如《雅》咏棠华,"或黄或白";《骚》述秋兰,"绿叶"、"紫茎"。凡擒表五色,贵在时见;若青黄屡出,则繁而不珍。(《文心雕龙·物色》)

刘勰之意,三百篇诗作者"写气图貌"之妙,不过在于能用准确精当的语言图容尽貌、逐声拟状,做到穷形尽相罢了,而《离骚》也不过是在三百篇的基础之上,更进一步地追求铺张描摹,以致"重沓舒状",妙达"论山水则循声而得貌,言节候则披文而见时"(《文心雕龙·变骚》)罢了。虽不可否认的是,《诗经》和《离骚》中抒情状物之妙,确是我国古代诗歌艺术达到高度造诣的表现,但与"文已尽而义有余"的美学境界相比,终究还是隔了一层。难怪乎钱钟书先生在其《管锥编》中曾如此感叹道:"窃谓《三百篇》有物色而无景色。""物色"者何?"写气图貌"也;"景色"者何?"文已尽而义有余"也。

后世秉持钟嵘"兴"学观者自然代不乏人。这里同样以宋代为例。如北宋文学家苏辙有云:

夫"兴"之为言,犹曰:"其意云尔,意有所触乎。"当此时已去而不可知,故其类可以意推,而不可以言解也。《殷其靁》,曰:"殷其靁,在南山之阳。"此非有所取乎靁也,盖必其当时之所见,而有动乎其意。故后之人,不可以求得其说,此其所以为"兴"也。若夫"关关雎鸠,在河之洲",是诚有取于其揫而有别，是以谓之“比”而非“兴”也。嗟夫！天下之人，欲观于《诗》，其必先知夫“兴”之不可以与“比”同，而无强为之说，以求合其作时之事，则夫《诗》之义，庶几乎可以意晓而无劳矣。（《苏辙集·栾城应诏集·卷四·诗论》）

且不论苏辙对《殷其靁》一诗的分析及“比”与“兴”的区分是否妥当（其实苏辙对“殷其靁，在南山之阳”的分析乃是基于语言或修辞意义上的“兴”），就其“其类可以意推，而不可以言解也”一句，则已经将“兴”上升到文学或审美意义之上了。如果说苏辙之论还稍显模糊的话，那南宋的罗大经则论述得非常明确了。罗氏云：

盖兴者，因物感触，言在于此而意寄于彼，玩味乃可识，非若赋比之直言其事也。故兴多兼比、赋，比、赋不兼兴，古诗皆然。（《鹤林玉露·卷十·诗兴》）

好一句“古诗皆然”！这已经是明确无误地将“兴”的文学意义或审美意义上升为一种规律性的认识了。该论“言在于此而意寄于彼，玩味乃可识”一句，与钟嵘“文已尽而义有余”实则大同小异耳。二者立论的侧重点似都不在作诗者，而在于欣赏者。这就是文学，也就是审美。从这一个层面来审视，也许清初的大思想家、与黑格尔并称为东西方哲学“双子星座”的王夫之最能从文学审美的角度来阐释“兴”义了，其有云：

“兴”在有意无意之间,比亦不容雕刻。关情者景,自与情相为珀芥也。情景虽有在心在物之分,而景生情,情生景,哀乐之触,荣悴之迎,互藏其宅。人情物理,可哀而可乐,用之无旁,流而不滞,穷且滞者不知尔。(《姜斋诗话》卷上)

姑且不论王氏在此将“比”、“兴”并提,且将“比、兴”与情景交融完全类比可否精当,就此论本质而言,也实在是突出和揭示了“兴”义在思维方式和审美方面所具有的独特的神秘性。也许,唐人正是“在有意无意之间”认识或领悟到了这种“神秘性”,才得以一举铸就了唐诗的鼎盛和辉煌。恰如李珍华先生和傅璇琮先生所云:

“兴”差不多是中国文学理论最古老的词语之一,它似乎是随着《诗经》的研究开始就被人运用,这就是诗的“六义”之一。唐朝的孔颖达引东汉的郑玄(所谓郑笺)谓:“兴者,托事于物,则兴者,起也,取譬引类,发起己心。”这算是经典式的说明。但兴的含义,又因人而有变化……在那时(盛唐),人们已把“兴”作为外界与主体相契合而产生的一种创作萌动,一种积极的艺术思维的闪光……我们可以说,“兴”这一词已突破《诗经》“六义”之一的界说范围,已经不是因事而“起兴”的那种静态,而是诗人的一种创作跃动,既是外界的反映,又是对外界的把握,创作主体处在一种亢奋状态,似乎

有一种笼万物为己有的情状。(《河岳英灵集研究》)

这种阐释是特别具有历史性的眼光的,同时也是符合“兴”在唐诗中的具体内涵的。只不过,那“一种笼万物为己有的情状”又是如何表达出来的呢?或者说,那一种“外界与主体相契合而产生的一种创作萌动,一种积极的艺术思维的闪光”又是通过或依赖何物才得以实现创作者的意图的呢?且看孔颖达在注疏《周南·樛木》“南有樛木,葛藟累之”时所云:

诸言南山者,皆据其国内,故传云“周南山”、“曹南山”也。今此樛木言南,不必己国。何者?以兴必取象,以兴后妃上下之盛,宜取木之盛者,木盛莫如南土,故言南土也。(《毛诗正义》卷一)

孔疏在此虽然是沿袭经学家的政治教化的角度来解释该诗为何云“南有樛木”,然却在解释的过程中“有意无意”地向我们流露出了一个十分重要的信息,那信息就是:“以兴必取象”。“必”者,必要条件也。这就很清楚了,作为文学或审美意义上的“兴”其实是很难独立存在的(其在独立出现之时,亦实乃“兴象”之简称也。后文有相关述论),它往往要与“象”辞相属联袂,否则“兴”也就不成其为“兴”了。

“象”辞出现得比较早。其在《说文解字》中释曰:“象,南越大兽,长鼻牙,三年一乳,象耳牙四足之形。”可见,最早“象”的指称是作为野兽的大象，这是现实存在物的特指，也是被视为神物的指称，后来才由动物的专有名词引申为概指名词——物象之象或实象之象。汪裕雄先生指出：

> 大象南迁，在北中国渐告绝迹。至战国时代，黄河流域的居民，对活的大象已相当陌生，因而《战国策·魏策》才有"白骨疑象"一说。《韩非子·解老》这样诠释《老子》所涉及的"象"："人希见生象也，而得死象之骨，案其图以想见生也，故诸人之所以意想者，皆谓之象也。"（《意象探源》）

从此看出，"象"已由物象之象或实象之象转而变为意想之象了。而"兴象"之"象"者，既含实象之"象"，更兼意想之"象"也。其实也不尽然。"兴象"者，以"兴"为特征之"象"也。"兴"是文学之"兴"，"象"乃审美之"象"。"兴"乃"文已尽而意有余"，"象"亦"玩味乃可识"。故而，"兴象"并非只是"意象"的别称。"意象"者何？客观物象经过创作主体独特的情感活动而创造出来的一种艺术形象也。简言之，意象就是寓"意"之"象"，就是用来寄托主观情思的客观物象。很明显，从审美层面来考量，"意象"较为肤浅，"兴象"实在深奥。或言之："'兴象'这个概念是在意象说的基础上提出来的，'兴象'是'意象'的一种。"（叶朗《中国美学史大纲》）此论亦不无道理。若从广义的角度讲，"意象"完全可以包括"兴象"，在诗学中二者可以交叉混用，然从狭义的角度讲，它们却是同中有异的两类诗歌形象。诚如诸先贤所论云：

作诗大要不过二端：体格声调、兴象风神而已。（明·胡应麟《诗数》内编卷五）

盖作诗大法，不过兴象风神，格律音调。（明·胡应麟《诗数》外编卷一）

文字精妙在法与意，华妙在兴象与词。（清·方东树《昭昧詹言》卷一）

凡诗文之妙者，无不起棱，有计浆，有兴象，不然非神品也。（清·方东树《昭昧詹言》卷十二）

兴象不远，虽不失尺寸，犹凡笔也。（清·纪昀《唐人试律说序》）

诸先贤皆以为“兴象”乃“作诗大要”、“作诗大法”，由此则不难得出如此一个结论：“兴象”即使真的是“意象”的一种，也定然高于普通意义上的“意象”。概言之，“兴象”应该高于“意象”。

前文有述，作为一种文学或诗学的概念，“兴象”一词是由唐代的殷璠在其《河岳英灵集》中率先提出来的。不过，在殷氏之前，已经有人开始用这样的理论尝试着来论诗，只是未曾明确提出这个概念。时来唐朝求法的日本僧人遍照金刚有云：

凡诗，物色兼意下为好，若有物色，无意兴，虽巧亦无处用之。如“竹声先知秋”，此名兼也。（《文镜秘府论·南卷

·论文意》)

这里的“意兴”实际就是“兴象”的代称。殷氏之前,确也有人明确提出了“兴象”二字。唐初经学家贾公彦在《周礼注疏》卷七中解释“大丧、廞裘、饰皮车”时曾三次使用“兴象”一词,其云:“廞犹兴也。兴象生时裘而为之,谓明器中之裘。”“兴谓兴象生时之物而作之。”又云:“《礼记·檀弓》云‘竹不成用,瓦不成味,琴、瑟张而不平,竽、笙备而不和’,皆是兴象所作明器。”这里所谓的“兴象”,朱自清先生在其《诗言志辨·比兴》中给“兴象”作注时认为,此“兴象”即“象似”之意。朱先生所释虽不无疏略,然亦大体不误。

据现存资料,唐人以“兴象”论诗者似乎不多(宋人更甚。宋人颇有论“兴”者,而用“兴象”论诗者似阙如)。除殷璠外,晚唐人薛能在其《海棠》诗的序言中言道:“蜀海棠有闻,而诗无闻,杜子美于斯,兴象靡出。”此处“兴象靡出”应谓杜甫在蜀地未写过海棠之诗(杜甫现存一千多首诗作中竟无一海棠诗篇,个中原因至今仍争论不休),此“兴象”或有拟象、描写之意。此“兴象”自然非彼“兴象”也。然而,只一个殷璠,明确提出了“兴象”之说,无论在文学史上或美学史上都具有极其重大的意义:

> 兴与象结合成一个新的文学理论基本概念则是殷璠的创造。他在盛唐诗人们已经创造了情景交融的诗歌意境之后,继承了前此在文艺领域已经使用的“兴”与“象”这样两

个术语，似是吸收了“兴”的感情兴发之义，而把“象”扩大为境界的概念加以使用，并且，把它们结合在一起，用来表述情景交融的诗歌意境。(罗宗强(隋唐五代文学思想史))

象也是中国古老的哲学上的概念，一般指事物的各种外观，各种表现形式。盛唐时则常常把它与“物”连用，称“物象”，有时也称“万象”，总之，象这一概念比较确定，指的是外界事物的各种表象。殷璠也单独使用“兴”，如他说常建诗“其旨远，其兴僻”，说刘昚虚“情幽兴远”，与盛唐时其他人的用义相近(笔者按:此“兴”实“兴象”也)。但是，他把兴与象连起来，作为一个词语，一个概念，却产生了意念的飞跃。对殷璠来说，神、气、情构成思维的内容，但表达思维的“形象”又是什么呢？在《河岳英灵集》里，形象与思维不是分开来讲的，而是统一的、整体的，这就是所谓“兴象”。兴象不同于比兴，也不是寄兴，它指的是形象与思维的结合方式，说得窄一点，是情与景的相熔……这就是殷璠所说的兴象。从兴象所蕴含的内涵来说，是神、气、情。在盛唐时代，特别是气与情，对于创造具有兴象那样的诗境起了很大的作用，正由于有那样一种表现力量之美的气骨和体现丰富内心世界的情致，才促使诗人萌动着的创作欲与物象相结合，造成了一种明朗透彻、丰满阔大、能以深切的或强烈的情绪激发读者的艺术形象。(李珍华 傅璇宗《河岳英灵集研究》)

上引二论，确实令人信服。“兴象不同于比兴，也不是寄兴，它指的是形象与思维的结合方式”，此言中肯也；“（兴象）用来表述情景交融的诗歌意境”，“是情与景的相熔”，此言亦大体相符也。然则殷璠在《河岳英灵集》中虽提出了“兴象”的概念，却未作任何明确的解释，且所著中也只是三次明确提到了“兴象”：

然挈瓶肤受之流，责古人不辨宫商，词句质素，耻相师范。于是攻乎异端，妄为穿凿，理则不足，言常有余，都无兴象，但贵轻艳。虽满箧笥，将何用之。（《河岳英灵集序》）

《集叙》历代词人，诗笔双美者鲜矣。今陶生实谓兼之：既多兴象，复备风骨。（《河岳英灵集》评陶翰诗）

文采蕈茸，经纬绵密，半遵雅调，全削凡体。至如“众山遥对酒，孤屿共题诗”，无论兴象，兼复故实。（《河岳英灵集》评孟浩然诗）

“都无兴象，但贵轻艳”，是殷璠批评的六朝诗歌；“既多兴象，复备风骨”，是殷璠总评的陶翰诗歌（陶翰，官宦之家出身，字号不详，生卒年亦不详，开元十八年登进士及第，连登博学宏词、拔萃二科，授华阴丞，官终礼部员外郎。《全唐诗》录其诗歌一卷），至于“兴象”究竟是何含义、有何内涵，殷氏未作明示，亦实难明示也。倒是“无论兴象，兼复故实”一语，略可悟出殷氏“兴象”说的端倪也。

殷璠“无论兴象，兼复故实”，评的是孟浩然的“众山遥对酒，孤屿共题诗”两句诗，这两句诗出自孟浩然的《永嘉上浦馆逢张八子容》一诗，全诗云：

逆旅相逢处
江村日暮时
众山遥对酒
孤屿共题诗
廨宇邻蛟室
人烟接岛夷
乡园万余里
失路一相悲

按孟夫子"知人论世"和"以意逆志"之说，先弄清孟浩然作此诗的背景和诗意，再揣测和琢磨殷璠此处论"兴象"之涵义也。

唐开元十三年（公元725年），三十七岁、仍旧功名无望的孟浩然前往永嘉（今浙江温州市）乐成（今浙江乐清市）去访问他的同窗好友张子容。据元代辛文房所著《唐才子传》记载，孟浩然和张子容在年轻时代就"同隐鹿门山，为生死交，诗篇倡答颇多"。开元元年（公元713年），张子容去长安应试，临行前，孟浩然赠诗《送张子容进士赴举》，诗的开头两句是："夕曛山照灭，送客出柴门。"可见他们当时的生活是非常艰苦的。他们所谓的鹿门山隐居，实际是闭门苦读、待机仕进而已。张子容如愿以偿、一举中第，考取进士之后，除江苏武进县尉，然数年之后，因事被谪迁至当时比较贫瘠而荒远的乐成。孟浩然此次来访，与张子容分别已十三载也。张子容得知孟浩然来访的消息后，马上赶到上浦馆去迎候他（上浦馆属乐成，离永嘉郡城约70里），孟浩然遂作此诗以示。首联两句，交代两人会晤的时间；颔联二句，乃二人当日游览江心孤屿情景的如实记叙（孤屿，位于温州市区北面瓯江之中，总面积约7万平方米，东西长，南北狭，列中国四大名胜孤屿之首，李白、杜甫、孟浩然、韩愈、谢灵运、陆游、文天祥等都曾相继留迹于此）；颈联是指张子容所在乐成官舍，僻处海滨，人烟荒凉；尾联乃孟浩然为自己才华正茂的同窗好友被谪迁"乡园万余里"、又如此荒僻的乐成而深表同情和惋叹。殷氏所言"兼复故实"且搁下不论，全诗四联，殷氏似置其他三联熟视无睹，为何偏偏对颔联情有独钟，谓之"无论兴象"也？或曰：

> 这两句诗之所以称得上"兴象"，是由于它在情景交融之外更具有了象外之境，写尽家国万里的失路之悲。（黄琪《殷璠<河岳英灵集>"兴象"概念论析》刊于《重庆师范大学学报·哲学社会科学版》2012年第2期）

"情景交融之外更具有了象外之境"，这确是殷璠"兴象"说的本质内涵。且不独是"众山遥对酒，孤屿共题诗"两句诗，在后人眼里，几乎孟浩然的所有的诗作都具有"兴象"的特点：

> 先生（孟浩然）之作遇景入咏，不拘奇抉异，令龌龊束人口者，涵涵然有干霄之兴，若公输氏当巧而不巧者也……此

与古人争胜于毫厘也。(唐·皮日休《郢州孟亭记》)

(孟诗)语气清亮,诵之如泉流石上,风来松下之音。(明·陆时雍《诗镜》)

读孟公诗且毋论怀抱,毋论格调,只其清空幽冷,如月中闻磬,石上听泉。(清·翁方纲《石洲诗话》卷一)

真孟浩然不是将诗紧紧的筑在一联或一句里,而是将它冲淡了,平均的分散在全篇中……甚至淡到令你疑心到底有诗没有。(闻一多《唐诗杂论》)

"如泉流石上,风来松下之音","清空幽冷,如月中闻磬,石上听泉","淡到令你疑心到底有诗没有",此三论无虑"若公输氏当巧而不巧者也……此与古人争胜于毫厘也"。"毫厘"者何?"兴象"而已。清代崇尚"神韵说"的王士祯在其所著《分甘余话》中曾云:

或问"不着一字,尽得风流"之说。答曰:太白诗"牛渚西江夜,青天无片云。登舟望秋月,空忆谢将军。余亦能高咏,斯人不可闻。明朝挂帆席,枫叶落纷纷"。(李白《夜泊牛渚怀古》)襄阳诗"挂席几千里,名山都未逢。泊舟浔阳郭,始见香炉峰。常读远公传,永怀尘外踪。东林不可见,日暮空闻钟"。(孟浩然《晚泊浔阳望庐山》)诗至此,色相俱空,正如"羚羊挂角,无迹可求",画家所谓逸品是也。

要之,“色相俱空”者,亦实乃“淡到令你疑心到底有诗没有”之谓也;“羚羊挂角,无迹可求”者,亦庶几“泉流石上,风来松下”或“月中闻磬,石上听泉”之谓也。“不着一字,尽得风流”者,非不着一字,乃“情景交融之外更具有了象外之境”也。总之,“这些都表明殷璠所论的‘兴象’,就是情景交融,并且又突破情景交融的层面,获得象外之境的无限意蕴的美学境界”。(黄琪《殷璠〈河岳英灵集〉“兴象”概念论析》)这种“无限意蕴的美学境界”,恰是唐诗之所以大大超越前朝又让后代难以超越的奥秘所在。正如陈伯海先生所云:

兴象说的提出,表明人们对艺术形象的把握,已由注重外形的感知深入到内在精神的探求,或者说是由形而下的外壳上升到形而上的内核。这是诗歌美学史上划时代的转变,它体现出唐诗在自身发展过程中所呈现出来的质的升华。(《唐诗学引论》)

陈氏所言“质的升华”,正是唐人(尤其是盛唐)留给后人的“无限意蕴的美学境界”,惹得后人对此可谓钦羡不已、称赞不已:

盛唐绝句,兴象玲珑,句意深婉,无工可见,无迹可寻。中唐遽减风神,晚唐大露筋骨,可并论乎。(明·胡应麟《诗薮·内编》)

唐人律诗以兴象为主,风神为宗。(明·许学夷《诗源辨

体》)

宜元、白于盛唐诸家兴象超诣之妙全未梦见。(清·王士祯《池北偶谈》)

盛唐诸公之妙,自在气体醇厚,兴象超远……盖唐人之诗,但取兴象超妙,至后人乃益研核情事耳。(清·翁方纲《石洲诗话》)

上引诸贤之论,若从文学史的角度来看,皆源于南宋严羽的一段论述,其述曰:

诗者,吟咏情性也。盛唐诸人惟在兴趣,羚羊挂角无迹可求。故其妙处透彻玲珑不可凑泊,如空中之音、相中之色、水中之月、镜中之象,言有尽而意无穷。近代诸公乃作奇特,解会遂以文字为诗,以才学为诗,以议论为诗,夫岂不工?终非古人之诗也。(《沧浪诗话》)

严氏所谓"兴趣",实乃"兴象"也。值得注意的是,严羽与胡应麟二人都提到了"兴象"的"玲珑"特点。玲珑之意,当是指"象"的丰富的内蕴使象与兴浑然一体,并且通透全诗,形成浑融无迹的意境,也就是一种浑融和通透的美学境界(黄琪《殷璠〈河岳英灵集〉"兴象"概念论析》)。这种境界"兴象超诣"、"兴象超远"、"兴象超妙","如空中之音、相中之色、水中之月、镜中之象,言有尽而意无穷"也。试举写于不同时代的两首同名小诗为例:

夕殿下珠帘

流萤飞复息

长夜缝罗衣

思君此何极(南朝·齐·谢朓《玉阶怨》)

玉阶生白露

夜久侵罗袜

却下水晶帘

玲珑望秋月(唐·李白《玉阶怨》)

不能说谢朓一诗没有“兴象”,实际上,“夕殿下珠帘,流萤飞复息”二句,诗意似亦甚浓也,然则与李白之诗相较,二者在“兴象”上的高下亦立判也。黄琪女士对李白此诗有一段精妙的分析:

于环境只有对凉夜和白露的白描,于主人公只有“下”、“望”两个动作,清凉的夜晚,白露为霜侵湿了罗袜,主人公不但不离去,更加要走下帘去,脉脉地凝望皎洁的秋月。她的安静和寂寞全在一幅夜月独立图中渗透出来,她心中所待,怀中所思,无限的深情,更在象之外,构成第二层意蕴丰富的境界。凉夜、白露、珠帘和秋月,这些象与主人公的痴情、全诗的氛围都浑融一片。而象与象之间,也并非只是简单地罗列到了一起，白露使人想到此时应是夜凉时分，玉阶和水晶帘都具有明净皎洁的美感，这与玲珑秋月的皎洁是相映衬的。秋月这个意象贯穿了全诗，映衬着凉夜、白露、明净的玉阶、皎洁的水晶帘的所有审美特征，它们在审美品质上是和谐一体的。同时，秋月又贯通了全诗的情感，秋是伤感之季，月是相思之物，秋月在中国古典诗歌中本就蕴含着丰富的文化内涵，它点染了全诗的氛围，点出了全诗的主题，但又不说破，使得言尽意不尽，留下无限的想象空间。秋月是具有贯通性的意象。这种浑融和通透的美学特征正是胡应麟和严羽所说的“玲珑”。(《殷璠 <河岳英灵集>“兴象”概念论析》)

黄女士分析得真是“浑融和通透”。“言尽意不尽，留下无限的想象空间”，李白此诗“兴象”可谓盎然也。再举几首家喻户晓的唐代小诗稍加分析之：

寥落古行宫
宫花寂寞红
白头宫女在
闲坐说玄宗(元稹《行宫》)

千里莺啼绿映红
水村山郭酒旗风

南朝四百八十寺
多少楼台烟雨中(杜牧《江南春绝句》)

国破山河在
城春草木深
感时花溅泪
恨别鸟惊心
烽火连三月
家书抵万金
白头搔更短
浑欲不胜簪(杜甫《春望》)

城阙辅三秦
风烟望五津
与君离别意
同是宦游人
海内存知己
天涯若比邻
无为在歧路
儿女共沾巾(王勃《送杜少府之任蜀川》)

《行宫》一诗,宋人洪迈称其“语少意足,有无穷之味”,然也,诗中取象少而精,并在“闲话说玄宗”中升发隐情,给读者无尽遐想，让人在抚今追思的联想中体会江山易代之感，此“兴象”也。《江南春绝句》一诗，眼前是江南春色缤纷，可诗人感怀的是历史兴衰，广阔的空间与悠远的时间相互交织，现实景观与历史追忆共生共存，读者想象的翅膀飞翔在治乱兴衰的历史长河之中，可谓意境幽深广远，具有“言外之味，弦外之响”的美感，此亦“兴象”也。杜甫的《春望》一诗，宋人司马光在其《诗话》中曾特地评论曰：

> 古人为诗，贵于意在言外，使人思而得之，故言之者无罪，闻之者足戒也。近世诗人惟杜子美最得诗人之体，如‘国破山河在，城春草木深。感时花溅泪，恨别鸟惊心’。山河在，明无余物矣；草木深，明无人迹矣；花鸟平时可娱之物，见之而泣，闻之而悲，则时可知矣。他皆类此，不可遍举。

“意在言外，使人思而得之”者，不亦“兴象”乎？王勃的《送杜少府之任蜀川》一诗尤其值得我们重视，明代胡应麟在其《诗薮》中有云：

> 大历以还，易空疏而难典赡；景龙之际，难雅洁而易浮华。盖齐、梁代降，沿袭绮靡，非大有神情，胡能荡涤。唐初五言律，惟王勃“送送多穷路”、“城阙辅三秦”等作，终篇不著景物，而兴象婉然，气骨苍然，实首启盛中妙境。

胡氏论中“送送多穷路”一句，指的是王勃的《别薛华》一诗，全诗云：

送送多穷路
遑遑独问津
悲凉千里道
凄断百年身
心事同漂泊
生涯共苦辛
无论去与住
俱是梦中人

在胡应麟看来，“盛中妙境”乃王勃《送杜少府之任蜀川》和《别薛华》二诗“首启”也，而此二诗皆有一个共同的艺术特点：“终篇不著景物，而兴象婉然，气骨苍然。”胡氏此语切莫可轻易放过也。它至少向我们传达了这样一个信息：“盛中妙境”虽多指“情景交融、浑然一体”之作，然亦并非全指自然“景物”也，似王勃这两首“终篇不著景物”之作，同样可以写得“兴象婉然”。“婉然”者，亦“玲珑”之别称也。如前所述，殷璠在评论陶翰之诗时所用的“既多兴象，复备风骨”八字，就已经向我们透露出了这样一种信息。陶翰之诗虽不无隐逸写景之作，但陶诗最显著的特色却是惯于直抒胸臆，表达建功立业的热情及报国无路的忧愤，此乃“复备风骨”也。事实上，殷璠《河岳英灵集》一书所收录的自玄宗开元二年(公元714年)至天宝十二年(公元753年)间二十四位诗人的二百三十四首作品,也就是按照“既多兴象,复备风骨”的标准选录的,这和胡应麟所谓“兴象婉然,气骨苍然”一语在本质上是相同或相通的。换言之,唐诗之妙,不仅在于“既多兴象”或“兴象婉然”,同时也在于“复备风骨”或“气骨苍然”(事实上,若没有“风骨”或“气骨”,也就没有真正的唐诗了,更没有所谓盛唐之诗了),唯后者同样可以显出“兴象婉然”或“兴象玲珑”耳。这一点是必须要明确提出的。正因为唐人写诗尽得“兴象”之妙,以致清人翁方纲曾发出如此感叹道:

> 夫天地之精英,风月之态度,山川之气象,物态之神致,俱已为唐贤占尽。(《石洲诗话》)

翁氏所言然也。然则明人不然,明诗亦不然。以致热闹非凡、作品数量极其庞大的明朝诗坛竟然找不出哪怕是一首“像样的诗”来:

> 整个明代,以笔者有限的见闻,实在找不出一首像样的诗。
>
> 明初刘基、高启号称大家,但其诗均为模拟之作。刘基学阮籍,过于形似,高启学汉魏六朝,各体皆备,但没有自己的风格。三杨自不必说,至于复古派前后七子更是每况愈下。他们的诗作,因为每一首都不成功,所以甚至无法引用

以说明其不成功。例如李梦阳的诗,有一组《秋怀八首》模仿杜甫的《秋兴八首》便很糟糕:

苑西辽后洗妆楼,槛外芳湖静不流。乱世君臣那在眼,异时松柏自深愁。雕栏玉柱留天女,锦食秋花隐御舟。万古中华还此地,我皇案为扫皇州。

此诗颇多虚字,力图造成一种深沉流转之势。但对仗的词语相隔较远,又力图造成一种涩拙的效果。尽管如此,与杜甫的《秋兴八首》相比,相去不可以道里计。此诗无论格调、气度、意象的连贯均很低下。

明代唐宋派以文名世,诗歌创作本不是强项。公安派的诗则俗气熏人。他们学白居易、苏东坡,语言平易,但未得白苏之诗情高妙。如袁宏道《闲居杂题》:"树老无花也自新,山茶红似女儿唇。数茎白发春前长,一点青峦雨后真。莺欲下枝先作语,鹊能占岁亦如人。锦鞯金络纷纷去,飞尽晴郊十里尘。"此诗亦颇清新,但终乏韵味,亦无宋诗之精细。(邓程《明清诗歌衰落的根本原因》刊于《山东大学学报》2004 年第 1 期)

所谓"终乏韵味"者,亦即"终乏""兴象"也。上引所论也许不免有些许偏激之嫌,然亦实在不无道理也。为了更清楚地阐释明诗如何缺乏"兴象",我们不妨还以李梦阳的诗作为例来说明。因为李梦阳的诗作水平或许就代表了整个明朝诗坛的诗歌水平:

由弘治、正德到嘉靖、隆庆长达近百年的时间……“七子派”被奉作圭臬楷模，也确实代表着明诗的主要风貌特色和所取得的成就，其声势影响如日方中，海内景从……于七子之外，是时尚有杨慎能自成一家，诗主“永言缘情”、“尊唐不可卑六代”；“吴中四子”亦别立门户，直抒胸臆，不事摹拟，承以前“杂体”风绪；余者或专守杜陵，或出入两宋，皆各呈面目。要之，一时间各种风格纷现异彩，名家作手层出不穷，达到了空前繁荣的局面，是全明的鼎盛期，以后终有明之世，也再难比肩……（乔力《明诗三百首译析·前言》）

毋庸置疑，李梦阳显然是明朝诗坛这一“再难比肩”的“鼎盛期”的代表人物。其乃文学复古流派“前七子”的领袖，“才思雄鸷，卓然以复古自命……倡言文必秦汉，诗必盛唐，非是者弗道”。（《明史·李梦阳传》）既然李氏“诗必盛唐”，我们就例举他的两首小诗一观：

吴中女儿白纻衣
薄暮横塘荡桨归
荷花港里无人见
惊起鸬鹚队队飞（《白纻曲》）

月宫秋冷桂团团
岁岁花开只自攀

共在人间说天上

不知天上忆人间(《嫦娥》)

《白纻曲》描写了一位“吴中”的少女,身穿一袭白衣,在绿水中荡桨,薄暮余晖之下,队队鸬鹚振羽而飞。小诗色彩可谓繁复,也具有一定的动感,确乎写得很是美丽。然“很是美丽”毕竟不能与“兴象”二字等量齐观、同日而语也。请看下面一首传诵至今的唐诗:

荷叶罗裙一色裁

芙蓉向脸两边开

乱入池中看不见

闻歌始觉有人来(王昌龄《采莲曲》之一)

大体上看去,《采莲曲》的构思应该与《白纻曲》相仿佛,也是描绘一位少女的形象,然而,《采莲曲》中的少女与《白纻曲》中的少女终究大不同,这位少女简直浑融在田田荷叶和艳艳荷花丛中,若隐若现,若有若无,与美丽的大自然融为一体,使全诗别具一种引人遐想、玩味不尽的优美意境,此乃“兴象”也。如果说,《采莲曲》与《白纻曲》都是一幅画的话,那前者无疑是“大师”之作,而后者不过是“画匠”之作耳。

再看李梦阳的《嫦娥》一诗,且不论该诗有何寄托之意(或云此时诗人外舅胡观察谢政家居,心有戚戚焉,诗人因作此诗安慰之）,就诗中透露出来的“天上人间”之旨,亦实在是一览无遗、别无韵致也。请看下面一首流传千古的唐诗：

云母屏风烛影深
长河渐落晓星沉
嫦娥应悔偷灵药
碧海青天夜夜心（李商隐《嫦娥》）

亦姑且不论李商隐之诗有无它意（或云此篇讽刺信神仙而求长生者;或此诗有自伤不遇、怀人、悼亡、讽女冠等诸说云）,李商隐此诗亦“天上人间”之意也。冷屏残烛,青天孤月,嫦娥的凄冷情怀和寂寞的意绪仿佛就蕴蓄在我们的心里,几乎伸手可触,又仿佛一如星月的冷光般弥散在天地之间,是那样的迷茫飘摇,那样的遥不可及。与李商隐的《嫦娥》相比,李梦阳的《嫦娥》几类打油诗耳。如果说前者是一件美轮美奂的艺术品,那后者充其量只能算是一件劣质的仿冒品而已,二者“相去”真“不可以道里计”哉！何哉？前者“兴象玲珑”而后者了无“兴象”也。正如钱谦益所云：

献吉（李梦阳,字献吉）以复古自命,曰古诗必汉、魏,必三谢,今体必初、盛唐,必杜,舍是无诗焉,牵率模拟剽贼于声句字之间,如婴儿之学语,如桐子之洛诵,字则字,句则句,篇则篇,毫不能吐其心之所有,古之人固如是乎？天地之运会,人世之景物，新新不停，生生相续，而必曰汉后无文，唐后无诗，此数百年之宇宙日月尽皆缺陷晦蒙，直待献吉而洪荒再辟乎？献吉曰："不读唐以后书。"献吉之诗文引据唐以前书，纰缪挂漏不一而足，又何说也？国家当日中月满，盛极孽衰，粗材笨伯乘运而起，雄霸词盟，流传讹种，二百年以来，正始沦亡，榛芜塞路，先辈读书种子从此断绝，岂细故哉！（《列朝诗集小传·丙集》）

谓李梦阳辈乃"粗材笨伯"，其"乘运而起"之后"流传讹种"，竟使得"先辈读书种子从此断绝"，钱氏断下此语不可谓不狠毒也，究之，钱氏亦不过义愤填膺、情难以堪耳。钱氏批的虽是李梦阳辈"以复古自命"之弊，然就"兴象"说着眼，钱氏之语亦自不无道理：上引李梦阳的两首小诗，岂不正如钱氏所云"牵率模拟剽贼于声句字之间，如婴儿之学语，如桐子之洛诵"，几无新意、几无"兴象"乎？

再举一个十分特殊的例子来阐述明人对"兴象"的漠视和明诗中"兴象"的缺乏，这例子就是明代布衣诗人、"后七子"之一的谢榛对唐诗的大肆修改。此处用"大肆"一词，并非是说所有的唐诗一字一句都不能改动，相反，即使是以千锤百炼著称的杜诗，也难免会有少数篇章因"多累句"而受到后人的讥评：

《石林诗话》（宋人叶梦得著）云："长篇最难，晋魏以前，诗无过十韵者，盖常使人以意逆志，初不以叙事倾倒为工。

至《述怀》、《北征》诸篇，穷极笔力，如《太史公纪传》，此古今绝唱。然《八哀》八篇（指杜甫伤悼王思礼、李光弼、严武、汝阳王李琎、李邕、苏源明、郑虔、张九龄等八人所作五言古诗八首），本非集中高作，而世多尊称之不敢议，此乃揣骨听声耳。其病盖伤于多也。如李邕、苏源明诗中极多累句，余尝痛刊去，仅取其半方尽善。然此语不可为不知者言也。”（宋·胡仔《苕溪渔隐丛话前集·卷第十一·杜少陵六》）

南宋的刘克庄亦同意叶氏此言。事实上，后人对唐诗的改动不仅大有人在，且似乎也确有较为成功者。我们举两首唐诗中的名篇为例，一首是李白的《子夜吴歌》，另一首是柳宗元的《渔翁》：

李白《子夜吴歌》全文仅六句：“长安一片月，万户捣衣声。秋风吹不尽，总是玉关情。何日平胡虏，良人罢远征？”明人蒋仲舒云：“前四语便是最妙绝句。”王夫之亦以为：“前四句是天壤间生成好句，被太白拾得。”蒋、王两人只是认为此诗的前四句在篇中更为精警，而清人黄白山、田同之则公然提出应把后二句删去，黄白山说：“亦宜删后二句作一绝。”田同之说：“余窃谓删去末二句作绝句，更觉浑含无尽。”虽然亦有人反对这种删削，如清人《唐宋诗醇》卷四即云：“一气浑成，有删末二句作绝句者，不见此女贞心亮节，何以风世厉俗？”但是这种意见纯从诗歌的教化功能着眼，在艺术上没有多大的价值，可以置而不论。我们认为，此诗中“秋风吹不尽，总是玉关情”二句实已写出思妇之所思正在戍守边关之良人，故而在月光下急捣寒衣以远寄玉关。所以“何日平胡虏，良人罢远征”一层意思实已蕴含在前四句中，一旦说出，倒反而显得平直浅露，不如只写四句更为含蓄深永。

柳宗元《渔翁》亦仅六句：“渔翁夜傍西岩宿，晓汲清湘燃楚竹。烟销日出不见人，欸乃一声山水绿。回看天际下中流，岩上无心云相逐。”苏轼曾手书此诗，且跋曰：“诗以奇趣为宗，反常合道为趣。熟味此诗有奇趣，然其尾两句，虽不必亦可。”南宋严羽对此极表赞同：“东坡删去后二句，使子厚复生，亦必心服。”后代也有人对苏轼的意见不以为然，如宋末刘辰翁就说：“或谓苏评为当，非知言者。此诗气浑不类晚唐，正在后两句，非蛇安足者。”明人李东阳亦持类似的看法：“坡翁欲削此二句，论诗者类不免矮人看场之病。予谓若止用前四句，则与晚唐何异？”刘、李二人的观点又受到后人的驳斥，如明人胡应麟即驳刘辰翁云：“子厚‘渔翁夜傍西岩宿’，除去末二句自佳。刘以为不类晚唐，正赖有此。然加此二句为七言古，亦何讵胜晚唐？故不如作绝也。”清代诗论家也大多同意苏轼的意见，如王士祯云：“柳子厚‘渔翁夜傍西岩宿’，只以‘欸乃一声山水绿’作结，当为绝唱。添二句反蛇足也。”沈德潜亦云：“东坡谓删去末二语，余情不尽，信然。”我们认为，刘辰翁、李东阳的意见并非全无可取之处，正如明人孙月峰所言，此诗末二句“意竭中复出余波，含景无穷”，遂使全诗的音节意境较为舒缓浑融，从而与奇巧峭急的晚唐诗风有所区别。然而这种观点的出发点是对晚唐诗风的全盘否定，故认为一落晚唐即无可取。其实评价一首唐诗的艺术水准，何必一定要拘泥于初、盛、中、晚之分？只要我们跳出了鄙视晚唐诗风的评价模式，那么删去此诗的末二句，全诗在余音袅袅的柔橹声中戛然而止，而末二句所表达的悠然自得之意趣也已化作言外之意融入一片青绿山水之中，可谓极含蓄蕴藉之能事。苏轼说此诗“有奇趣”，正是着眼于此。（莫砺锋《论后人对唐诗名篇的删改》刊于《文学遗产》2007年第2期）

虽然《子夜吴歌》和《渔翁》二诗改动后的艺术效果究竟如何尚存有一定的争论，但这争论本身其实就已经告诉我们一个道理：精美绝伦的唐诗，即使是唐诗中的名篇，至少从理论上来讲，是完全可以稍作删改的。然而必须注意的是，这种删改只“可以稍作”，断不可大规模地进行，否则唐诗也就不能称其为唐诗、名篇更不能称其为名篇了。然而，大规模地修改唐诗名篇之人偏偏在明代出现了，这在整个唐诗学史上亦属仅见。此人便是谢榛。不妨略举谢榛修改唐诗的几桩实例以资说明之。

唐代“芳林十哲”之一、被司空图称许其“当为一代风骚主”的晚唐诗人郑谷，曾修改僧人齐己《早梅》诗中“前村深雪里，昨夜数枝开”的“数枝”为“一枝”，齐己拜为“一字师”。其《淮上与友人别》一诗当属唐诗中的名篇之一，诗云：

扬子江头杨柳春
杨花愁杀渡江人
数声风笛离亭晚
君向潇湘我向秦

谢榛自作聪明地将郑诗的结句移为首句，并把全诗改动为：

君向潇湘我向秦
杨花愁杀渡江人
数声长笛离亭晚
落日空江不见春

乍看之下，谢榛所改之作亦自有其特色，颇近李白《送孟浩然之广陵》及王昌龄《别辛渐》的风格，然也正因为如此，却恰恰丧失了郑诗原本的艺术风貌。可以如此断言，如果郑诗写成了谢榛改诗的模样，那是定然不能成为后人传诵的名篇的。或问：郑诗"原本的艺术风貌"者何？一言以蔽之，结句也。刘学锴先生在鉴赏郑诗时有云：

这首诗的成功，和有这样一个别开生面的富于情韵的结尾有密切关系。表面上看，末句只是交待各自行程的叙述语，既乏寓情于景的描写，也无一唱三叹的抒情，实际上诗的深长韵味恰恰就蕴含在这貌似朴直的不结之结当中。由于前面已通过江头春色、杨花柳丝、离亭宴饯、风笛暮霭等一系列物象情景对离情进行反复渲染，结句的截然而止，在反激与对照中愈益显出其内涵的丰富。临歧握别的黯然伤魂，各向天涯的无限愁绪，南北异途的深长思念，乃至漫长旅程中的无边寂寞，都在这不言中得到充分的表达。“君”“我”对举，“向”字重叠，更使得这句诗增添了咏叹的情味。(《唐诗鉴赏辞典》上海辞书出版社，1983 年版)

“诗的深长韵味”“都在这不言中得到充分的表达”，此乃“兴象”也。谢氏不谙个中就里，一味按照自己的意愿剽摹盛唐诗作，真可谓是“瞎盛唐”(清·吴乔《围炉诗话》中讥讽谢榛之语)也。

谢榛还曾将中唐“大历十才子”之一的钱起的一首七言律诗《送李评事赴潭州使幕》改为五言律诗。钱诗云：

湖南远去有余情
蘋叶初齐白芷生
谩说简书催物役
遥知心赏缓王程
兴过山寺先云到
啸引江帆带月行
幕下由来贵无事
伫闻谈笑静黎氓

谢榛改诗云：

自适宦游情
湖南有杜蘅
简书催物役
心赏缓王程
山寺披云入
江帆带月行
应怀幕下策
谈笑静苍生

晚清文学家王闿运在其《湘绮楼说诗》中谓读钱起此诗“当玩其神韵，愈浅愈佳，此等正所谓‘羚羊挂角’”。谢榛不明钱诗中“兴象”真意，率自将所谓“盛唐式豪壮之气”硬行植入其中，却早已经大大地背离了钱诗的原意：

经由谢榛修改，原作临别之际对朋友流恋中夹杂着怅惘的情绪不见了。尤其是中间两联，改后的确更加含蓄，气格转高，但同时也掩盖了原诗表达的许多信息。“谩说”犹言“休说”，可见在离别之际，被送者向诗人表达了令人不欢的行役之感，诗人便用一路之上可以欣赏大自然的美景来安慰他。“遥知”表明“心赏缓王程”是作者推想离别之后被送者的情绪变化。“兴过”、“啸引”也都出于诗人的想象，推想友人一路之上悠然行去，潇洒闲散，不为“王程”所促迫。谢榛删去八个字之后，颔联二句便成为被送者共时的情感，因缺乏层次而显得浮泛；颈联节奏变得急促，悠游散淡的意绪被一种与整首诗的情调不相称的盛唐式豪壮之气（由“披云入”、“带月行”所显现）所取代。谢榛要改掉钱起诗的“虚病”，要“高其格调，充其气魄”，却把原诗细微的心意活动掩盖了。（孙学堂《谢榛改唐诗综论》刊于《文艺理论研究》2008年第5期）

钱诗中“细微的心意活动”，“临别之际对朋友流恋中夹杂着怅惘的情绪”，实乃“兴象”之功也，谢氏又哪里知晓明白？

谢榛又曾将中唐著名诗人戴叔伦的名作《除夜宿石头驿》作了一番创造性的改动。戴诗云：

旅馆谁相问
寒灯独可亲
一年将尽夜
万里未归人
寥落悲前事
支离笑此身
愁颜与衰鬓
明日又逢春

谢榛改诗云：

灯火石头驿
风烟扬子津
一年将尽夜
万里未归人
萍梗南浮越
功名西向秦
明朝对清镜
衰鬓又逢春

谢榛的改作，貌似体调更加浑厚，然却完全丧失了原作中汩汩流淌的动人的情感。而“情感”二字，恰是原作的最长处：

此诗（戴诗）真所谓情景交融者，其意态兀傲处不减杜公。首尾浩然，一气舒卷，亦大家魄力。（近代·吴汝纶《唐宋诗要》）

全诗（戴诗）写情切挚，寄慨深远，一意连绵，凄恻动人，自非一般无病呻吟者可比。（《唐诗鉴赏辞典》上海辞书出版社，1983 年版）

清人贺裳在其《载酒园诗话》中更是一针见血地指出：

（戴诗）首联写客舍萧条之景，次联呜咽自不待言，第三联不胜俯仰盛衰之感，恰与"哀鬓"、"逢春"紧相呼应，可谓深得性情之分。（谢榛《四溟诗话》）反谓"五言律两联若纲目四条，辞不必详，意不必贯，八句意相联属，中无罅隙，何以含蓄？"遂改为"灯火石头驿，风烟扬子津。一年将尽夜，万里未归人。萍梗南浮越，功名西向秦。明朝对青镜，衰鬓又逢春。"只图对仗整齐，堆垛排挤，有词无意，何能动人？真所谓胶离朱之目也。

"有词无意"，自然失去了原作的"情景交融"和"寄慨深远"，自然也就失去了原作的"兴象"之妙了。此所谓"胶离朱之目"也，亦所谓"瞎唐诗"也。

更有甚者，谢榛还曾将晚唐"小杜"的一首经典七言绝句篡改为五绝，此改就越发地离谱了。"小杜"诗云：

清明时节雨纷纷
路上行人欲断魂
借问酒家何处有
牧童遥指杏花村（杜牧《清明》）

谢榛改作云：

野水明孤嶂

平芜燕子低
日斜人策马
酒旆杏花西

客观而言，谢榛的改作若当做一首寻常的诗篇来看，确也有点意思，至少“体调更加浑厚”也，只是与原作相比，直有些“风马牛不相及”之慨了。谢榛的改作，既与“清明”这一特定的时令节气无关，更少缺了原诗中一派动人的“兴象”之美。杜牧《清明》一诗，抒写自如之极，毫无经营造作之痕，且景象生动清新，境界优美，兴味隐跃，余韵邈然，耐人寻味。谢榛所改，岂不教人啼笑皆非也？要之，乃谢氏漠视诗中“兴象”耳。谢氏还曾将李白《望庐山瀑布》中的“飞流直下三千尺，疑是银河落九天”二句诗凝缩成“飞泉漏河汉”一句，个中缘由亦应作如是观。

或问：谢榛何故要如此大规模地修改唐诗？简言之，谢氏强调诗中“格调”也。“格调”者，其实亦“格律”也。而谢氏心中的格律，实则比唐诗中的格律还要严苛三分。在谢氏看来，律诗固有之“格律”和“诗法”，那是不能轻易逾越半步的。试以谢榛对诗中声调的一番看法为例来说明之。谢氏云：

诗法妙在平仄四声而有清浊抑扬之分。试以“东”“董”“栋”“笃”四声调之，“东”字平平直起，气舒且长，其声扬也；“董”字上转，气咽促然易尽，其声抑也；“栋”字去而悠远，气振愈高，其声扬也；“笃”字下入而疾，气收渐然，其声抑也。

夫四声抑扬,不失疾徐之节,惟歌诗者能之,而未知所以妙也(《四溟诗话》)

谢氏于“平仄四声”之“清浊抑扬之分”不可谓不细腻严谨也,然亦自是诗中一种桎梏和镣铐也。谢氏在《四溟诗话》中又云:

> 夫平仄以成句,抑扬以合调。扬多抑少,则调匀;抑多扬少,则调促。若杜常《华清宫》诗:“朝元阁上西风急,都入长杨作寸声。”上句二入声,抑扬相称,歌则为中和调矣。王昌龄《长信秋词》:“玉颜不及寒鸦色,犹带昭阳日影来。”上句四入声相接,抑之太过;下句一入声,歌则疾徐有节矣。刘禹锡《再过玄都观》诗:“种桃道士归何处,前度刘郎今又来。”上句四去声相接,扬之又扬,歌则太硬;下句平稳。此一绝二十六字皆扬,惟“百亩”二字是抑。又观《竹枝词》所序,以知音自负,何独忽於此邪?
>
> 杜牧之《开元寺水阁》诗云:“六朝文物草连空,天澹云间今古同。鸟去鸟来山色里,人歌人哭水声中。深秋帘幕千家雨,落日楼台一笛风。惆怅无因见范蠡,参差烟树五湖东。”此上三句落脚字,皆自天其声,韵短调促,而无抑扬之妙。因易为“深秋帘幕千家月,静夜楼台一笛风”。乃示诸歌诗者,以予为知音否邪?王摩诘《送少府贬郴州》许用晦《姑苏怀古》二律,亦同前病。岂声调不拘邪?

且不论谢氏评判其他人等，就其妄改杜牧那两句诗而言，亦足以看出谢氏看中的只是音调本身是否所谓“和谐”、是否所谓“合律”（此乃谢氏自己心目中的“格调”和“格律”也）而已，根本不论诗中声情是否吻合耳。“妄改”者何？“千家雨”与“千家月”岂是同一情味哉？“落日楼台”与“静夜楼台”又岂可简单交换哉？还有一例，似更可看出谢氏对所谓“格调”、“诗法”的死守：

杜子美诗：“日出篱东水，云生舍北泥。竹高鸣悲翠，沙僻舞鹍雏。”此一句一意，摘一句亦成诗也。盖嘉运诗：“打起黄莺儿，莫教枝上蹄。啼时惊妾梦，不得到辽西。”此一篇一意，摘一句不成诗矣。（谢榛·《四溟诗话》）

谢氏竟然以“摘一句亦成诗也”与“摘一句不成诗矣”来作为衡量一首诗艺术成就高低的标杆，荒谬也。难怪乎“后七子”领袖之一的王世贞要如此讥讽谢榛道：

谢茂秦论诗，五言绝以少陵“日出篱东水”作诗法。又宋人以“迟日江山丽”为法。此皆学究教小儿号嗄者。若“打起黄莺儿，莫教枝上啼。啼时惊妾梦，不得到辽西”，与“山中何所有？岭上多白云。只可自怡悦，不堪持赠君”一法，不惟语意之高妙而已，其篇法圆紧，中间增一字不得，着一意不得，起结极斩绝，然中自纾缓，无余法而有余味。（《艺苑卮言》）

“打起黄莺儿”四句为唐人金昌绪所写《春怨》之诗;“山中何所有”四句乃南朝梁人陶弘景隐居之后回答齐高帝萧道成诏书所问而写的一首诗。王世贞用“学究教小儿号嗄者”之语来评价谢榛“以少陵‘日出篱东水’作诗法”之举,亦足以令谢氏汗颜也。王氏谓“打起黄莺儿”和“山中何所有”二诗皆“语意高妙”、“篇法圆紧”、“无余法而有余味”诸语,岂不正是“兴象”之真谛乎?由此可见,谢榛以诗之“格调”和“诗法”自居而大肆篡改唐诗,恰是其心底无视或漠视诗之“兴象”使然也。呜呼!

实际上,中国诗歌史上所谓的“律诗”,其形式在唐人的手中正式确立之后,唐人自己亦并非就把律诗的律法当做什么金科玉律而不敢越雷池一步的。有人统计,《唐诗三百首》中非律诗占了大半,律诗大概仅占三分之一。一些公认的唐诗名家之名作亦往往属于非律诗,如杜甫的《三吏》《三别》等,李白的《蜀道难》和《梦游天姥吟留别》等,白居易的《长恨歌》和《琵琶行》等,不一而足(这当然与同样千古流传的优秀的唐代律诗作品并不排斥)。明代大学士王鏊对此倒是看得很清楚:

> 唐人虽为律诗,尤以韵胜,不以饾饤为工。如崔颢《黄鹤楼诗》“鹦鹉洲”对“汉阳树”。李太白“白鹭洲”对“青天外”。杜子美“江汉思归客”对“乾坤一腐儒”。气格超然,不为律所缚,固自有余味也。后世取青媲白,“区区”以对偶为工,“鹦鹉洲”必对“鸬鹚堰”、“白鹭洲”必对“黄牛峡”,字虽切而

意味索然矣。(《震泽长语·文章》)

上引所言“后世”,莫非指的就是谢榛辈耶?“字虽切而意味索然矣”,岂非谢榛辈擅改唐诗之举乎?“气格超然”、“自有余味”,不亦“兴象”之谓乎?

从谢榛大肆修改唐诗之实例,当不难看出明人于“兴象”之说该有何等的漠视和缺失。需要特别说明的是,明人这种漠视和缺失主要是表现在诗歌创作的实践之上,而并非只是停留在所谓的理论探讨方面。事实是,明人在理论上对于“兴象”的阐释远比唐人要丰富得多,也似乎深入得多。上述王鏊之语已可见端倪。就是谢榛自己,似乎对“兴象”之意亦颇有所得:

凡作诗,悲欢皆由乎兴,非兴则造语弗工。欢喜之意有限,悲感之意无穷。欢喜诗,兴中得者虽佳,但宜乎短章;悲感诗,兴中得之更佳,至于千言反复,愈长愈健。熟读李杜全集,方知无处无时而非兴也。(《四溟诗话》卷三)

谢氏此“兴”虽然不能与我们所说的“兴象”完全画上等号,但“凡作诗,悲欢皆由乎兴,非兴则造语弗工”,“熟读李杜全集,方知无处无时而非兴也”之语,亦可谓深得作诗之三昧也。实际上,谢氏在理论上也是很懂得什么叫做“兴象”的,其曾有云:

子美曰:“细雨荷锄立,江猿入画屏。”此语宛然入画,情

景适会，与造物同其妙，非沉思苦索而得之也。（《四溟诗话》卷二）

今人作诗，忽立许大意思，束之以句则窘，辞不能达，意不能悉。譬如凿池贮青天，则所得不多；举杯收甘露，则被泽不广。此乃内出者有限，所谓“辞前意”也。或造句弗就，勿令疲其神思，且阅书醒心，忽然有得，意随笔生，而兴不可遏，入乎神化，殊非思虑所及。或因字得句，句由韵成，出乎天然，句意双美。（《四溟诗话》卷四）

谢氏所言“情景适会，与造物同其妙”，“出乎天然，句意双美”，此岂非“兴象”之别意哉？只可惜，在谢榛的身上，诗歌理论和诗歌实践并没有有机地统一在一起，故而其所创作的诗歌，大率“沉思苦索而得之”。正如清人潘德舆评价谢榛时所云：

谢茂秦（谢榛，字茂秦）五律，坚整如城，宛然唐调，然终以有心为之，非其至也。（《养一斋诗话》卷六）

“终以有心为之”，也就意味着距离“兴象”越来越远了。谢榛、王鏊辈“兴象”之“后世”，虽明了“兴象”之味儿却又无力改变明诗之“兴象”的缺失，亦使得“后世”而复哀“后世”也。

而清人似乎不然。清人不仅在理论上对“兴象”之说有着深入的探讨和挖掘，其在实践上也确乎给我们留下了一些满蕴“兴象”之味的诗歌作品。这也许就是清诗之所以能够超越明诗的一

个不可或缺的原因吧。且以提倡“神韵说”的王士祯为例,其著名的“秋柳诗”自不必多论,兹略举其另外几首小诗以观之:

吴头楚尾路如何
烟雨秋深暗白波
晚趁寒潮渡江去
满林黄叶雁声多(《江上二首》之二)

江干多是钓人居
柳陌菱塘一带疏
好是日斜风定后
半江红树卖鲈鱼(《真州绝句六首》之四)

苍苍远烟起
槭槭疏林响
落日隐西山
人耕古原上(《即目》)

或云:“这三首诗即使放到唐诗里,也不逊色”(邓程《明清诗歌衰落的根本原因》刊于《山东大学学报》2004 年第 1 期)。信夫!《江上》之诗,抒写江景只点出“烟雨”天气和“秋深”季节,别无其他多余笔墨,反而用一“暗”字把江上之景堪堪遮住,徒留下一抹“白波”让读者细细玩味儿;“寒潮”带“晚”,“黄叶”“满林”,

又兼“雁声”多多,将江上自然之寒与诗人心中之寒融为一体;至此再回看首句:“吴头楚尾路如何?”朴素无华的语言竟使人回味无穷也。《真州绝句》一诗,诗人伫兴满满而发,自自然然写来,可谓情真意切、别无造痕,既尽传江乡景物之神,又流溢钓人生活之韵,满篇诗情画意,兴味盎然至极也。《即目》之诗,“远烟”既“苍苍”,“疏林”又“槭槭”,然就在“烟起”和“林响”之际,“西山”渐曳“日隐”,举目远眺,“落日”恍惚之下,“人耕古原”之上,意象苍茫古朴,境界清远绝俗,实乃“神韵”也。此等“不着一字,尽得风流”(司空图《诗品·含蓄》)之诗韵,谢榛辈有明一代文士又哪得真正领悟得出耶?

要之,明人虽看似深得“兴象”之理,然事实上却严重漠视“兴象”之髓,“髓”也者何哉?无虑“言有尽而意无穷也”,亦情与味皆无限者也。而明人一味苦守无“髓”之理,自亦非理之理也。明人恰以“非理”之理而为诗,无情无味者也,无“兴象”者也,是诗也,岂为真诗乎?

综之,“兴象”的严重缺失,是明诗衰落的重要原因。

第三论　科举制度极端僵化，是明诗衰落的主要原因

说到明代科举,人们首先想到的应该就是“八股文”三个字。然而八股文究竟起源于何时,又在何时正式定型,自古至今,似未有定论。若概括言之,关于八股文的起源之论,大致有这么四种说法,一是始于唐代的帖经、墨义,二是始于唐、宋的骈文,三是始于北宋,四是始于元代的经义或曲剧。相较而言,第三种说法较为流行,原因大略有二,一是宋徽宗治时享有“小东坡”之称的进士唐庚在其《上蔡司空(京)书》中首次提出了时文应“以古文为法”的口号(明、清两代影响很大的“以古文为时文”的口号即源于此),二是北宋时期诞生了一位杰出的改革大家王安石。此二者若再相较,应以王安石之说影响为最大,许多学者都秉持此说,认为风行明、清两朝的八股文乃是王安石所首创:

> 四书之文原于经义,创自荆公。(清·郑灏若《四书文源流考》)
>
> 神宗熙宁四年用王安石议,更定科举法,罢诗赋、帖经、墨义……经义之兴始此。(清·侯康《四书文源流考》)
>
> 自宋熙宁四年始用王安石之议,罢词赋,专用经义取士,而四书文以昉。(清·杨懋建《四书文源流考》)

经义试士，自宋神宗始行之……今之四书文，学者或并称经义。（清・刘熙载《艺概・经义概》）

王安石首创八股文，似是定论耳。而八股文在文体上最直接的渊源应该就是北宋时代的经义，这似是学术界比较普遍的看法，然而，稍稍琢磨之，两者却也有明显的差别。宋代经义虽也是依题作文，但作者仍可以自发己意，与后代的八股文一定要“代圣贤立言”、守经遵注差别很大；宋代经义在行文形式上也比较自由，并不严格要求对仗，虽有一定的范文模本，但却并未形成固定的程式，与后来的八股文之“八股”程式亦差别很大。简言之，宋代的经义尚未与古文文体分离；或言之，宋代的经义其实就是一种具有一定模式规范的古文文体耳。下面试以略论之。

赵匡胤建立宋朝之后，科举制度仍沿袭唐制。《宋史・选举志一》载云：“宋初承唐制，贡举虽广，而莫重于进士、制科。”又云：“凡进士试诗、赋、论各一首，策五道，帖《论语》十帖，对《春秋》或《礼记》墨义十条。”可见宋初的科举考试在重视进士科、重视诗赋方面是与唐代一脉相承的。宋太宗赵光义在淳华三年（公元992年）的廷试之后还对贡士们言道：“尔等各负志业，效官之外，更励精文采，无坠前功也。”可见，彼时的统治者还是很看重“文采”诗赋的。宋仁宗赵祯时，欧阳修曾有云：“今贡举之失者，患在有司取人先诗赋而后策论，使学者不根经术，不本道理，但能诵诗赋，节抄《六贴》、《初学记》之类者，便可剽盗偶丽，以应试格。”欧氏大概是看出了北宋中期内忧外患的困境，以为以诗赋为主的科举制度已经不太符合北宋政府的现实需要，故而有感而发之。仁宗赵祯对此颇有同感。明道二年（公元1033年），刚刚亲政不久的赵祯即下诏云：“近岁进士所试诗赋多浮华，而学古者或不可以自进，宜令有司兼以策论取之。”宋代科举遂为之一变也，只是“有司兼以策论取之”，变得还不很明显。明显地改变了宋代科举制度者即是王安石。在宋神宗赵顼的支持下，王安石进行了大刀阔斧式的改革，科举自然位列其中。王安石有云：“今人才乏少，且其学术不一，异论纷然，不能一道德故也。一道德则修学校，欲修学校，则贡举法不可不变。”（《宋史·选举制》）于是从熙宁四年（公元1071年）开始，“二月丁巳朔，罢诗赋及明经诸科，以经义、论、策试进士”。（《宋史·选举制》）不但“罢诗赋”，且“经义”已经排在宋代科举考试序列之首位也。不仅如此，王安石还按照自己的主观意愿来释“经”，并将之推行天下：

> 初，安石训释《诗》《书》《周礼》，既成，颁之学官，天下号曰“新义”。晚居金陵，又作《字说》，多穿凿傅会。其流入于佛、老。一时学者，无敢不传习，主司纯用以取士，士莫得自名一说，先儒传注，一切废不用。黜《春秋》之书，不使列于学官，至戏目为“断烂朝报”。（《宋史·列传第八十六·王安石传》）

且不论王氏的训释“新义”是否真的就是“断烂朝报”，只“士莫得自名一说”之意，也的确是与八股文所造成的思维僵化的恶果颇为类似。据载，王安石自己也曾悔叹不已：

荆公经义行，举子专诵王氏章句而不解义。荆公悔之，曰："本欲变学究为秀才，不谓变秀才为学究也。"（明末顾炎武《日知录卷十六·磨铁》引陈后山《谈丛》言）

王氏纵然悔叹，然若言后世所谓八股文钳制文人思想的缺陷即源于此，倒也大体不冤王氏也。不过，王安石用"新义"取士毕竟只是确立了儒家经典与经义形式在科举考试中的地位，与后来的八股文以南宋朱熹的《四书集注》为统一阅卷标准显然不是一回事情。因而，"总体来看，王安石的意义在于扭转了科举考试过于重视诗赋的历史局面，他起到的是一个历史性转折的作用，而朱熹则是八股文内容的正式奠基者。王安石开始了经义取士的时代，朱熹使经义这种科举文体具有了更明确的内容操作规范，二者的地位是不宜混淆的"。（惠鹏《论八股文之雏形在宋代的发展历程》刊于《邢台学院学报》2011 年第 1 期）至于八股文文体结构的雏形出现，那应该是在南宋后期了。其时有魏天应者，编辑了一本名为《论学绳尺》的书，《四库全书总目提要》对此有云：

天应号梅墅，自称乡贡进士……是编，辑当时场屋应试之论，冠以《论诀》一卷。所录之文，分为十卷，凡甲集十二首，乙集至癸集俱十六首，每两首立为一格，共七十八格。每题先标出处，次举立说大意，而缀以评语，又略以典故分注本文之下……存之可以考一朝之制度。且其破题、接题、小讲、大讲、入题、原题诸式，实后来“八比”之滥觞，亦足以见制举之文，源流所自出焉。

上引言之凿凿，却也并不能确定八股文体制的雏形在宋代就已经完善到了何种地步，因为宋代经义流传至今者甚少，据清代大学者纪昀统计（截止乾隆年间），宋人经义仅存者凡34篇，且有的还存在着真伪难辨的问题。元人倪士毅有云：

宋初因唐制取士试诗赋（省题诗及八韵律赋），至神宗朝王安石为相、熙宁四年辛亥，议更科举法，罢诗赋，以经义论策试士，各占治《诗》《书》《易》《周礼》《礼记》一经，此经义之始也。宋之盛时如张公才叔《自靖义》，正今日作经义者所当以为标准，至宋季则其篇甚长，有定格律：首有破题，破题之下有接题（接题，第一接，或二三句，或四句下反接，亦有正说而不反说者），有小讲（小讲后有引入题语，有小讲上段，上段毕有，过段语，然后有下段），有缴结。以上谓之冒子，然后入官题，官题之下有原题（原题有起语、应语、结语，然后有正段，或又有反段，次有结缴），有大讲（有上段，有过段，有下段），有余意（亦曰从讲），有原经，有结尾。篇篇按此次序，其文多拘于捉对，大抵冗长，繁复可厌，宜今日又变更之。今之经义，不拘格律，然亦当分冒题、原题、讲题、结题四段。（《作义要诀·自序》）

虽然宋代经义"有定格律",且"文多拘于捉对",与后世八股文的结构关系不可谓不密切也,然"至宋季则其篇甚长"及"大抵冗长"二句,则明确无误地告诉我们,宋代经义文章在整体篇幅上与后来的八股文正体相差甚远,因为八股文正体的篇幅(字数)是有严格规定的;且从倪氏"今之经义,不拘格律"之语看,八股文直到元代也还没有正式定型也。而实际上,若从理论层面来说,"任何一种文体的生成,都不会是一蹴而就的,而是一个长期积累演变的过程。一种新文体的肌体里面,必定渗透着其他文体基因。"(高明扬《科举八股文起源论述评》刊于《玉溪师范学院学报》2010 年第 2 期)基于此,上述唐代的帖经、墨义,唐宋的骈文,元代的经义或曲剧等等,包括王安石、朱熹和唐庚诸人在内,它(他)们都应该对明、清两朝风行天下的八股文作出了应有的"贡献",然亦只是"应有的'贡献'"而已,宋代经义毕竟不等同于后世的八股文。如上所述,宋代经义大体上还应属于古文文体的范畴。

新的问题便接踵而生了:成熟的科举八股文究竟诞生于何时?它又是何人所创?一个十分流行的观点是:科举八股文成熟于明初洪武年间,其为明太祖朱元璋和"明朝开国文臣之首"的刘基所创:

科目者,沿唐宋之旧,而稍变其试士之法。专取四子书及《易》《书》《诗》《春秋》《礼记》五经命题试士,盖太祖与刘基所定。其文略仿宋经义,然代古人语气为之,体用排偶.谓

之八股，通谓之制义。(《明史·选举志》)

这应该是迄今为止史料典籍中明确将八股文的创立者首推为朱元璋的最早记录了。此说影响甚大。清人尤爱之。清初考据学代表人物阎若璩在其《潜邱劄记·卷一》中曾云：

予尝发愤叹息，前明三百年，文章学问，不能远追汉、唐及宋、元者，其故盖有三焉：一坏于洪武十七年甲子定制，以八股取士，尽废注疏，其失也陋；再坏于李梦阳倡复古学，而不愿本六艺，其失也俗；三坏于王守仁讲致良知之学，而至以读书为禁，其失也虚。

清初一介布衣、具有异端色彩的思想家和文学家廖燕在其《二十七松堂集·明太祖论》中有云：

天下可智不可愚，而治天下可愚不可智……惟圣人知其然，而惟以术愚之，使天下皆安于吾术。虽极智勇凶杰之辈，皆潜消默夺，而不知其所以然，而后天下相安于无事。故吾以为明太祖以制义取士，与秦焚书之术无异。特明巧而秦拙耳。

晚清思想家和散文家冯桂芬在其《改科举议》中引时人饶廷襄语云：

明祖以枭雄阴鸷猜忌驭天下，惧天下瑰伟绝特之士起而与为难，以为经义诗赋，皆将借径于读书稽古，不啻傅虎以翼，终且不可制。求一途可以禁锢生人之。思材力，不能复为读书稽古有用之学者，莫善于时文，故毅然用之。其事为孔孟明理载道之事，其术为唐宗英雄入彀之术，其为始皇焚书坑儒之，抑之以点名、搜索、防弊之法，以折其廉耻，扬之以鹿鸣、琼林优异之典，以生其歆羡。三年一科，今科失而来科可得；一科复一科，转瞬而其人已老，不能为我患。而明祖之愿毕矣。意在败坏天下之人才，非欲造就天下之人才。

阎若璩阐述明朝“文章学问”水准低下的三大原因妥当与否暂且不论，只“洪武十七年甲子定制，以八股取士”一语，便已经将八股文和朱元璋合二为一了。廖氏、饶氏言中所谓“制义”、“时文”，均特指八股文也。二者皆将朱元璋开创的八股文与“秦焚书之术”、“始皇焚书坑儒”一事相提并论，措辞亦不可谓不辛辣也。古人如此，今人亦然。当代明史研究专家吴晗在其《朱元璋传》中历数朱元璋的历史功过，其中“第四过”有云：

他（朱元璋）所规定的八股文制度，只许鹦鹉学舌，今人说古人的话，却不许知识分子有自己的思想、看法，严重地起了压制新思想、摧残科学、文化进步的有害作用。

凡此种种，不一而足也。科举八股文乃朱元璋（包括刘基）所定，似乎是板上钉钉之事了。然而，也有学者不苟同于此：

> 八股取士制度并非始于朱元璋，八股文也绝对不是朱元璋首创或由他和刘基二人所定。
>
> 首先，洪武年间科举考试使用的主要文体不是八股文。
>
> 其次，洪武年间的取士之制也不是朱元璋和刘基的发明，其中的重要方面均是宋元以来科举制度的延续和充实。
>
> 第三，朱元璋开国之初，遴选人才是行荐举还是开科举，抑或兼而为之，十多年中，徘徊不定。（摘自黄强《八股文是朱元璋和刘基所定的吗?》刊于《江淮论坛》2005 年第 6 期）

客观而言，黄氏所论自亦有理。试举一例以印证之。《明史》卷一三七《刘三吾传》云：

> 洪武十八年，以茹瑺荐召至，时天下初平，典章缺略，帝方锐意制作，宿儒凋谢，得三吾晚，悦之。一切礼制及三场取士之法，多所刊定。

问题便来了：试士之法究竟是朱元璋与刘基所定，还是朱元璋与刘三吾所定呢?《明史》本身亦自相矛盾焉。

关于科举八股文的成熟期，一个普遍首肯的观点是：其应成熟、定型于明宪宗朱见深成化年间（公元 1465——公元 1487）之后。创立者亦未可知：

今之八股文，或谓始于王荆公，或谓始于明太祖，皆非也。案宋史熙宁四年罢诗赋及明经诸科，以经义论策试士，命中书撰大义式颁行。所谓经大义，即今时文之祖。然初未定八股格，即明初百余年，亦未有八股之名。故今日所见先辈八股文，成化以前若天顺、景泰、正统、宣德、洪熙、永乐、建文、洪武百年中无一篇传也。（清·胡鸣玉《订讹杂录》卷七）

经义之文，流俗谓之八股，盖始于成化以后。股者，对偶之名也。天顺以前，经义之文不过敷衍传注，或对或散，初无定式，其单句题亦甚少。成化二十三年（公元1487年），会试《乐天者保天下》文，起讲先提三句，即讲“乐天”四股，中间过接四句，复讲“保天下”四股，复收四句，再作大结。弘治九年（公元1496年），会试《责难于君谓之恭》文，起讲先提三句，即讲“责难于君”四股，中间过接二句，复讲“谓之恭”四股，复收二句，再作大结。每四股之中，一反一正，一虚一实，一浅一深（亦有联属二句、四句为对，排比十数对成篇，而句股实不止于八股者）。其两扇立格（谓题本两对，文亦两大对），则每扇之中各有四股。其次第之法，亦复如之。故今之相传谓之八股。若长题则不拘此。嘉靖以后，文体日变，而问之儒生，皆不知八股之何谓矣。孟子曰：“大匠诲人，必以规矩。”今之为时文者，岂必裂规偭矩矣乎！发端二句或三四句，谓之“破题”，大抵对句为多，此宋人相传之格（本之唐人赋格)。下申其意,作四五句,谓之“承题”。然后提出夫子(曾子、子思、孟子皆然)为何而发此言,谓之“原起”。至万历中,破止二句,承止三句,不用原起。篇末敷演圣人言毕,自摅所见,或数十字或百余字,谓之“大结”。明初之制,可及本朝时事,以后功令益密,恐有借以自炫者,但许言前代,不及本朝。至万历中,大结止三四句,于是国家之事,罔始罔终,在位之臣,畏首畏尾,其象已见于应举之文矣。(顾炎武《日知录》卷一六·试文格式)

顾氏所言可谓详细备至也。且不论顾氏言中别样之意,止胡氏言“成化以前”八股文“百年中无一篇传也”,与顾氏言“流俗谓之八股,盖始于成化以后”,其意亦一也。于是乎,从明成化以后,八股文便正式开始统治中国的科举考试也,直至清末光绪二十八年(公元 1902 年),其方寿终正寝已而。

八股文又称时文、制艺、制义、八比、四书文、经义等,其主要文体特征在上引顾炎武《日知录》一段文字中已经阐释得相当仔细了。这里不妨再例举一篇具体的八股文章以直观之,乃明嘉靖年间归有光得中进士时所作。归氏崇尚内容翔实、文字朴实的唐宋古文,与唐顺之、王慎中一起并称为“嘉靖三大家”,又在散文创作方面有极深造诣,在当时被称为“今之欧阳修”,后人赞其散文为“明文第一”,惟科举不很顺利,嘉靖十九年(公元 1540 年)中举之后,会试落第八次,直至嘉靖四十四年(公元 1565 年)年且六十时始中进士。其会试文题目为《诗曰天生烝民》,出自《孟子·告子》:"《诗》曰:'天生民,有物有则,民之秉彝,好是懿德。'孔子曰:'为此《诗》者,其知道乎?'故有物必有则,民之秉彝也,故好是懿德。"归氏答文如次:

(破题,用两句散句点破主题)大贤引诗与圣人之言,所以明人性之无不善也。

(承题,用三四句散句承接意思)夫性出于天而同具于人者也,观诗与孔子之说,而性善之言不益信矣乎!

(起讲,用十余句散句说明题意)孟子告公都子之意至此,谓夫性善不明于天下,盖自诸子之论兴而不能折衷于圣人也。昔孔子尝读烝民之诗而赞之矣,诗言天生烝民,有物有则,民之秉彝,好是懿德,是诗人之所以为知道而通于性命之理者也;盖造化流行,发育万物者,莫非气以为之运,而真精妙合所以根柢乎品汇者,莫非理以为之主,惟其运乎气也,而物之能焉,惟其主乎理也,而物之则具焉。

(起股,两股对偶成文)肖形宇宙,谓之非物之象则不可,而有不囿于象者,即此而在,其本然之妙,若有规矩而不可越,是声色象貌,皆道之所丽焉者也;禀气阴阳,谓之非物之形则不可,而有不滞于形者,随寓而存,其当然之法,若将范围而不过,是动作威仪,皆道之所寄焉者也。

(中股,两股对偶成文)有一物必有一物之则,天下之生久矣,天不变而道亦不变,盖有不与世而升降者矣;有万物必有万物之则,生人之类繁矣,同此生则同此理,盖有不因时而隆污者矣。

(过接,用两句散句)是以懿德之好协于同然,而好爵之縻通于斯世。

(后股,两股对偶成文)仁统天下之善,义公天下之利,天下均以为仁义而孜孜焉,乐之不厌,以为其出于性耳,不然,一人好之,而千万人能保其皆好之乎?礼嘉天下之会,知别天下之宜,天下皆以为礼知而忻忻焉,爱之无穷,以为其性之所同耳,不然,则好于一人,而能保其达于天下乎?

(束股,两股对偶成文)可见天下之情一也,而同出于性,天下之性一也,而同出于天。

(收结,用三四句散句结束全文)性善之说,折衷于孔子,而诸子纷纷之论,不待辨而明矣。

从上可明显看出八股文体之主要成分及写作结构。惟不能看出的是"代圣贤立言"一点,而这一点恰是八股文体中极其重要的:

八股文写作中规定要"代古人语气为之",即要代圣贤立言。这里所谓的"古人"、"圣贤",指的是先秦以前的人和孔子、孟子及其门人弟子。既然要以"古人语气为之",要代他们立言,故在写作八股文时便不能用先秦之后的语言和史实,因为那不是圣贤们生活的年代,不可能出现那样的语言和史实。如有人在八股文中运用了先秦之后的语言与典实,

此文肯定是不合格的。(龚笃清《试述明代前期八股文对文学的影响》刊于《中国文学研究》2005 年第 1 期)

如此,八股文之写作要求不可谓不严苛之至也。张中行先生如此评价八股文云:

在周秦以来的所有文体中,八股的内涵最丰富、要求最严格,也就最难作。还最难评定鉴赏。(《闲话八股文》辽宁教育出版社 1998.3)

明代散文家、文学评论家艾南英亦曾感叹云:

欲使制举质问尽足以代圣贤之旨,求其纯而后驳,固已难矣。(《四家合作摘谬序》)

艾氏乃明末著名的时文大家,大家尚有此感,八股文之写作难度可知矣。然而,从古至今,对八股文大加褒奖者却代有其人:

文各有体,不容相混,今取士以时艺,言古无此体也。然主于明白纯正,发明经书之旨,亦足以端士习,天下之太平由之。(明 · 赵南星《叶相公时艺序》)

今之制艺,必与汉赋、唐诗、宋之杂文、元之曲共称能事于后世。(明 · 艾南英《王康侯合并稿序》)

其力能与唐人抵敌，无毫发让者，则有八股之文焉。（清·焦袁熹《此木轩文集卷一·答曹谔庭书》）

且时文之理法尽于明人，明人之于时文，犹唐之诗、宋之词、元之曲也。（清·焦循《雕菰集卷十·时文说三》）

诗何必古选，文何必先秦。降而为六朝，变而为近体，又变而为传奇，变而为院本，为杂剧，为《西厢曲》，为《水浒传》，为今之举子业，皆古今至文，不可得而时势先后论也。（清·李贽《童心说》）

八股不但是集合古今骈散的菁华，凡是从汉字的特别性质演出的一切微妙的游戏，也都包括在内，所以我们说它是中国文学的结晶。（周作人《论八股文》）

赵南星将“天下之太平”与八股文联系在一起，艾南英、焦袁熹、焦循诸人将八股文与“汉赋、唐诗、宋之杂文、元之曲”相提而并论之，李贽谓称“今之举子业，皆古今至文”也，周作人赞誉八股文乃“中国文学的结晶”，各各评价不可谓不崇高也（实际上，八股文应该是算不得真正的“文学”的）。然相较而言，对八股文大加贬斥者远远多于褒之者。因贬斥者过众过繁，且举三例以代表之：

愚以为八股之害，等于焚书，而败坏人材有甚于咸阳之郊，所坑者但四百六十余人也。（顾炎武《日知录·拟题》）

今之世号为时文者，拘之以格律，限之以对偶，率腐烂浅陋可厌之言。甚者指摘一字一句以立说，谓之主意。其说穿凿牵级，若隐语然，使人殆不可测识。苟不出此，则群笑以为不工。盖学者之所习如此，宜为人所弃也。而司其文者其目之所属，意之所注，亦惟曰主意者而已。故得其意，虽甚可厌之言一不问；其意失，虽工辄弃不省。……呜呼，文之敝既极，极必变，变必自上之人始。（明·吴宽《匏翁家藏集卷三十九·送周仲瞻应举诗序》）

八股原是蠢笨的产物。一来是考官嫌麻烦——他们的头脑大半是阴沉木做的，——甚么代圣贤立言，甚么起承转合，文章气韵，都没有一定的标准，难以捉摸，因此，一股一股地定出来，算是合于功令的格式，用这格式来“衡文”，一眼就看出多少轻重。二来，连应试的人也觉得又省力，又不费事了。这样的八股，无论新旧，都应当扫荡。（鲁迅《鲁迅文集·杂文集·伪自由书》）

顾炎武“以为八股之害，等于焚书，而败坏人材有甚于咸阳之郊”之论，较之上引清人廖燕、饶廷襄之语几同，吴宽谓八股文“率腐烂浅陋可厌之言”，鲁迅先生称“八股原是蠢笨的产物”，“应当扫荡”，其用语之铿锵简直亦不逊色于对八股文褒扬之辞也。

或问：八股之文究竟孰是孰非耶？明代“公安派”中坚人物袁宏道对待八股文的态度颇值得我们玩味。袁氏于万历二十年（公元1592年）得中进士，三年后就任吴县县令，并以反复古面目登上明朝文坛，其时《与友人论时文书》有云：

当代以文取士，谓之举业，士虽备以取世资，弗贵也，厌其时也。走独谬谓不然。夫以后视今，今犹古也，以文取士，文犹诗也，后千百年，安知不瞿唐而卢骆之，顾奚必古文词而后不朽哉！且公所谓古文者，至今日而敝极矣！何也？优于汉，谓之文，不文矣；奴于唐，谓之诗，不诗矣；取宋元诸公之余沫，而润色之，谓之词曲诸家，不词曲诸家矣。大约愈古愈近，愈似愈赝，天地间真文澌灭殆尽。独博士家言，犹有可取，其体无沿袭，其词必极才之所至，其调年变而月不同，手眼各出，机轴亦异。二百年来，上之所以取士，与士子之伸其独往者，仅有此文，而卑今之士反以为不类古，至摈斥之，不见齿于词林。(《袁中郎全集》二十一)

袁氏所谓“博士家言”，八股文也。袁氏之语，若从“事物恒变”的角度来看待之，似亦未尝无理，而“二百年来”“仅有此文”之论，其评价亦可谓高矣。然而，数年之后，至万历二十七年(公元1599年)，袁氏升任国子监助教之后，其对八股文的看法明显地发生了改变：

今世禁文体者日益厉，而时文之轨辙日益坏。上之人刻意求平，下之人刻意求奇……余谓文之不正在于士不知学。圣贤之学惟心与性。今试问诸业举者，何谓心，何谓性，如中国人语海外事，茫然莫知所置对矣，焉知学？既不知学，于是

圣贤立言本旨，晦而不章，影猜响觅，有如射覆。（《叙四子稿》）

袁氏业已看出“时文之轨辙日益坏”，竟坏至“射覆”之境地也，且亦得出“日益坏”之缘由，乃“在于士不知学”也。于袁氏而言，八股之弊端日益显现也。又过十年，至万历三十七年（公元1609年），袁氏在西安主持陕西乡试，尝作《陕西乡试录》，其“序”有云：

> 昔之士以学为文而今之士以文为学也……嘉、隆之际，天机方凿，而人巧方始。然凿不累质，巧不乖理，先辈之风，犹十存其五六，而今不可得矣。臣尝以今日之时艺与今日之时事相比校，似无不合者。士无蓄而藻缋日工，民愈耗而淫巧奇丽之作日甚，薄平淡而乐深隐，其颇僻同也。师新异而骛径捷，其跳越同也……文之至于澜颓波激，而世道受其簸荡者，取士者之过也。

袁氏此文是以进皇帝御览的，所言分寸自然要拿捏精当，不便过分造次，纵然如此，“今之士以文为学也”，“藻缋日工”、“淫巧奇丽之作日甚”诸语，亦可发见袁氏对八股文之现状愈发不满也，且“世道受其簸荡者”一语，更可看出袁氏业已悟出虚浮的八股文风对整个社会风气的影响和败坏，惟“取士者之过也”一语，略可发现袁氏对皇帝有敷衍之嫌也。八股之害，又岂止是“取士者之过也”？而实际上，早在万历二十九年（公元1601年）袁氏归隐公安之时，其对八股文的看法就已经发生了近乎根本的改变。其于万历三十二年（公元1604年）所作《郝公琰诗叙》中曾有云：

> 时文乃童而习之，萃天下之精神，注之一的，故文之变态常百倍于诗。迨于今，雕刻穿凿，已如才江、锦瑟诸公，中唐体格一变而晚矣。

在袁氏看来，八股文“迨于今”惟“雕刻穿凿”，惟剩暮气沉沉、毫无新意耳。综之，袁宏道于八股文前后态度之极大转变，原是因为八股文本身潜在着巨大的弊端和危害。弊端一如“射覆”、“穿凿”、“淫巧奇丽”诸语自不必说，而危害大略有二，一是袁氏自己已经分明看出并且愤而斥之：“士不知学”，“文之至于澜颓波激，世道受其簸荡者”，八股文令得士人眼光狭窄、心浮气躁，且已经直接影响了整个大明社会；二是袁氏自己尚未觉察其害却又无意中鲜明道出：“时文乃童而习之，萃天下之精神，注之一的”，八股文势将耗去天下士人的全副时间和精力而无暇他顾。而事实恰是，正因为八股文有这两大危害，才日益衰落、凋谢了明朝诗坛的整体文学价值。袁氏云“文之变态常百倍于诗”，将八股文与诗歌并提而论，真可谓有先见之明也，惟让袁氏无可奈何的是，在明代科举的影响之下，明诗一如明之八股文，“轨辙日益坏”矣。

明代科举对明诗的巨大影响，有识之士早已经看出。不独是在八股文盛行之时，就是在明初，朱元璋于洪武三年（公元1370

年)下诏施行科举试士之后,八股文尚未正式定型之时,“明初诗文三大家”之一的老臣宋濂就业已察觉出科举制下难有好诗之弊端:

> 自科举之习胜,学者绝不知诗。纵能成章,往往如嚼枯蜡,较之金头大鹅、芳腴满口者有间矣。(《孙伯融诗集序》)

宋濂是拥护以科举吸纳人才之制度的,但对于举业给诗歌造成的消极影响却亦看得很分明。而问题恰在于,如何“自科举之习胜”之后,“学者绝不知诗”焉?且看举业给诗歌造成消极影响之不能承受之重:

> 程鱼门云:“时文之学,有害于古文;词曲之学,有害于诗。”余谓:时文之学,不宜过深,深则兼有害于诗。前明一代,能时文,又能诗者,有几人哉?金正希、陈大士与江西五家,可称时文之圣,其于诗,一字无传。陈卧子、黄陶庵不过时文之豪,其诗便有可传。《荀子》曰“艺之精者不两能”也。(清·袁枚《随园诗话》卷八)

袁氏意谓一心不可二用耳,举凡“过深”于“时文之学”者“其于诗,一字无传”。举业于诗歌之累可谓重矣。此乃清人之见。明人于此其实亦看得清楚。“茶陵诗派”代表人物李东阳在其《春雨堂稿序》中有云:

今之科举纯用经术，无事乎所谓古文诗歌，非有高识余力，不能专功而独诣，而况于兼之者哉？

斯言诚哉！举业、诗歌皆为困难之事，偏之一业已属不易，何况得而兼之耶？于是乎，明朝诗坛一派萧瑟零落之状也：

华亭故多诗文，国初，袁海叟（明初诗人袁凯，生卒年不详，字景文，号海叟，以《白燕》一诗负盛名）至以诗名天下，其盛可想见矣。迩年，士之秀颖者率役志举业，不复知有诗。独一二林栖涧饮之士，始相与作为韵语以自遣适，然其词多粗浅枯槁，不足诵传于世。至其后，倭夷矿卒、虐吏奸徒相继扰乱，民嚣然丧其常业，而所谓林栖涧饮者遂皆奔走衣食，不暇为诗，不惟工者不可得见，即其枯槁之音，亦几绝响。（明·徐阶《世经堂续集·卷八》）

袁凯乃明初著名的诗人，其故乡华亭（今上海市松江）本为"多诗文"之乡，然历一番波折之后，诗歌"亦几绝响"，何哉？"倭夷矿卒、虐吏奸徒相继扰乱"也？非也，乃"士之秀颖者率役志举业，不复知有诗"也。举业于明诗之累可谓重之又重也。或问：举业如何这般令明诗不堪重负耶？明正德进士应大猷有云：

国家取士，惟举业一途。士多以此学，主司多以此取士，

而有志者所不能脱焉者也。(《容庵集·卷六》)

又岂止是“士多以此学,主司多以此取士”乎?彼时士人,率皆有胸藏修齐治平之大志,“大志”之下,“夫科目之设,天下之士群趋而奔向之”(明·王鏊《震泽集·卷三十三》)“群趋”之下,几无例外:

明朝以八股开科取士,士之喜功名而爱富贵者,争尽心趋之。自头童至齿豁,无论薄海内外,其不专心致志者寡矣。(清·韩程愈《白松楼集略》)

“其不专心致志者寡矣”,可谓一举破的。普天之下,又有几人不爱富贵功名乎?何况遭受儒学浸淫日久的士人也。于是“自头童至齿豁”,“天下之士”皆入举业彀中也。不独是文士一类“争尽心趋之”,在“举业一途”之“国家取士”政策的“感召”之下,当时整个大明社会各色人等几乎全然都在围绕着举业一事而急速运转。诸君请看:

华灯照广席

锦瑟弹朱丝

一弹再三叹

进酒卿莫辞

丈夫成名垂不朽

彭生早试穿杨手
彩凤朝鸣岗上桐
骊驹莫系门前柳
门前柳条冬尚青
城南桂桨翻玉瓶
船满引百分劝
出门不顾蓬中萤
君不闻洛阳贾生对宣室
长安九衢皆动色
长安九衢横九天
尔如神驹当自力
我昔侍从金门中
誓师牧野初成功
功成治定四海同
条牧再见承平风
尔行决科期第一
狐裘蒙茸发如漆
莫辞更尽金屈卮
直上排云振双翮(明·黄哲《将进酒赠彭生秉德》)

驾言劳舟发
送尔出金阊
游子将何之

行行入帝乡
帝乡日已近
佳气逾苍苍
俯视碧水流
仰看浮云翔
情随水偕远
意逐云俱长
重宝抱璠玙
殊材堪栋梁
努力献文赋
伫听声名扬（明·朱国祚《苏州送君舆侄赴试北上》）

少小离家侍禁闱
人间天上两依稀
朝迎凤辇趋青琐
夕捧鸾书入紫薇
银烛烧残空有梦
玉钗敲断未成归
年年望汝登金籍
同补山龙上衮衣（明·沈琼莲《送弟溥试春官》）

黄哲乃元末明初广东番禺人，洪武初出为东阿知县，通五经，能诗，与孙蕡、王佐等被称为“岭南五先生”；朱国祚，秀水（今浙江嘉兴）人，明万历十一年（公元1583年）举进士第一，授修撰，进洗马，为皇长子侍班官，官终吏部尚书；沈琼莲，乌程（今浙江省吴兴）人，生卒年不详，明孝宗的宫女，因才华出众，为孝宗受为女学士，其在家乡被称之为“女阁老”。且不论上引三首诗的文学水平究竟如何，就三位诗作者情形而言，亦可大略看出，有明一代，自始至终，无论官位高低，无论男女有别，其对亲友参加科举考试的莫大期许亦无出其右者：“尔行决科期第一”，“努力献文赋，伫听声名扬”，“年年望汝登金籍”云云，其情“随水偕远”也，其意“逐云俱长”矣。此亦袁宏道所谓“世道受其簸荡者”也。明末清初“诗坛盟主”之一的钱谦益有一首小诗略可窥出举业波及之下的明代时风及世风之所向：

犬子初试毕
老妻浪惊喜
滔滔中夜心
四海皆名利（《列朝诗集·丙集第四》）

此诗并非针对具体个例而言，此乃整个社会之浩浩风气也：“滔滔中夜心”，时风也，“四海皆名利”，世风也，亦即“世道受其簸荡者”也。在明代士人和时人的心目中，举业八股之重，可谓无与伦比。而朝廷和统治者又对此推波助澜：

明代殿试例无黜落，通过会试者，最差亦可得同进士出身，并赐有“恩荣”宴，洪武初，赐诸进士宴于中书省，洪武三十年，赐进士韩克忠等宴于会同馆，永乐二年，赐进士曾棨冠服银带，赐钞五锭，赐宴于会同馆，宣德五年，赐宴于中军都督府。八年，宁晋人曹鼐举进士一甲第一，赐宴礼部。自此，进士宴礼部遂为定制。又“教坊司，专备大内承应，其在外庭，维宴外夷朝贡使臣，命文武大臣陪宴乃用之。盖沿唐鸿胪寺，宋班荆馆故事，所以柔服远人，本殊典也。又赐进士恩荣宴亦用之，则圣朝加重制科，非他途可望”（明·沈德符《万历野获篇》）。洪武时，状元及第，“宠遇特隆，命有司建状元坊以旌之。”（明·焦竑《玉堂丛语》）永乐时，“命工部建进士题名碑于国子监”（《明太祖实录》），赐宴用乐，建坊立碑，进士之尊荣可谓极矣。“上以文取人，士以文致显耀，举世翕然”（元·吴师道《礼部集·卷11》），即人君而论，尚武的朱棣且言“科举是国家取人材第一路”，而右文的朱瞻基每试进士，则自撰程文，更以“会元及第”自命，君王的关注提倡加以制度的保证，“以文取士”于明代科举中得以最大强化，科场程文成为士人改变身份，光宗耀祖，实现兼济之志的必须途径，八股时文自然当之无愧的成为有明一代最具份量的文化磁极。（郭万金《八股冲击下的明诗位移》刊于《晋阳学刊》2012 年第 1 期）

“国家取士，惟举业一途”，统治者又“赐宴用乐，建坊立碑，进士之尊荣可谓极矣”，于是天下之士遂如袁宏道所言于“时文”

“童而习之”，以期一举中的、“改变身份，光宗耀祖，实现兼济之志”也。故而，有明一朝，习“时文”乃为“正业”，诵诗文则为“外作”：

> 嗟乎！八股盛而六经微，十八房兴而廿一史废……余少时见有一二好学者，欲通旁经而涉古书，则父师交相谯呵，以为必不得专业于帖括，而将为坎坷不利之人，岂非所谓大人患失而惑者与？（明·顾炎武《日知录》）
>
> 余为诸生，讲业石浦，一耆宿来见案头摊《左传》一册，惊问是何书，乃溷帖括中？一日，偶感兴赋小诗题斋壁，塾师大骂：“尔欲学成七洲耶？”吾邑独此人能诗，人争嫉之，因特举为诫。故通邑学者，号诗文为“外作”，外之也者，恶其妨正业也。至于佛、老诸经，则共目为妖书。而间有一二求通其说者，则诟之甚于盗贼。此等陋俗，盖余廿年前所亲见。（明·袁宗道《送夹山母舅之任太原序》）

“一二好学者，欲通旁经而涉古书，则父师交相谯呵”，可见学习时文乃士人第一且唯一要务也；“佛、老诸经，则共目为妖书。而间有一二求通其说者，则诟之甚于盗贼”，足见举业为“正业”又何其纯“正”也。如此之下，大明社会还有诗歌的生存、发展之空间耶？在诗文上与祝允明、唐寅、徐祯卿并称“吴中四才子”之一的文徵明亦曾如此慨叹道：

夫自朱氏之学行于世，学者动以根本之论，劫持士习。谓六经之外，非复有益，一涉词章，便为道病。言之者自以为是，而听之者不敢以为非。虽当时名世之士，亦自疑其所学非出于正，而有“悔却从前业小诗”之语。沿伪踵敝，至于今，渐不可革。呜呼！其亦甚矣！说者往往归咎朱氏，而不知朱氏未始不言诗也。观于文韬之书，可概见已。或其所论，当自有识者取之，小子何述哉！（《文徵明集卷十七·晦庵诗话序》）

“一涉词章，便为道病”，举业“其亦甚矣”，“小诗”其亦衰也。“当时名世之士”，“而有‘悔却从前业小诗’之语”，诗道何其弊也。独主明代诗坛二十年、“后七子”领袖之一的王世贞在回忆其少年学诗的经历时有云：

余十五岁时，受《易》山阴骆行简先生。一日，有鬻刀者，先生戏分韵教余诗，余得“漠”字，辄成句云：“少年醉舞洛阳街，将军血战黄沙漠。”先生大奇之，曰：“子异日必以文鸣世。”是时畏家严，未敢染指，然时时取司马、班史、李杜诗窃读之，毋论尽解，意欣然而自愉快也。（《艺苑卮言》）

“是时畏家严，未敢染指”，时举业之风盛极矣。虽然“少年醉舞洛阳街，将军血战黄沙漠”二句诗亦未必真的足以令人“大奇之”，但王世贞在当时无疑是极少数幸运者之一，竟可“时时取司马、班史、李杜诗窃读之”，岂非其所以能够“独主明代诗坛二十年”之重要缘由耶？而绝大多数明代士人却实在难以“欣然而自愉快也”：“一生心血，半为举子业耗尽。”（明·袁中道《珂雪斋集》）“今两京武学外卫军生，争习举业以窃科名，韬略弓马，邈不相识。”（明·郑纪《东园文集》）呜呼哀哉！为“窃科名”，习武之人连“韬略弓马，邈不相识”，彼操翰之文士又当如何也？清人彭蕴章有云：

> 前明以制艺取士，立法最严。题解偶失，文法偶疏，辄置劣等，降为青衣社生。故为诸生者，无不沉溺于四书注解及先辈制艺，白首而不暇他务。（《归朴完丛稿》卷10）

彭氏之言可谓精当也。“诸生者，无不沉溺于四书注解及先辈制艺”，举业之大害也。“白首而不暇他务”，自然亦“不暇”作诗也。归有光曾有云：

> 科举之学，驱一世于利禄之中，而成一番人材世道，其蔽已极。士方没首濡溺于其间，无复知有人生当为之事。荣辱得丧，缠绵萦系，不可解脱，以至老死而不悟。（《与潘子实书》）

“士方没首濡溺于其间，无复知有人生当为之事”，举业大害之至深也。士人“以至老死而不悟”，又何能悟得出诗词歌赋来？

“我国家以明经取士，士之有志饬名者，莫不刺经括帖，剽猎旧闻，求有以合有司之尺度，而诗非所急也”（明·文徵明《凤峰子诗序》）。其实又岂止是“诗非所急”也？明人杨巍尝言：

余自幼习举子业，不知为诗，至嘉靖乙卯，外补晋臬，时督学使者为曹君纪山，始提挈余为诗。归田后，与山人吕时臣相倡和，得诗六百余篇，属邢侗、邹观光评骘而存之。（《存家诗稿跋》）

杨巍乃明代中期的一位重臣，官历嘉靖、隆庆、万历三朝，却因“幼习举子业”而“不知为诗”。此非个例也，实乃明代士人普遍之真实写照：

今之号为好学者，取科第为第一义矣；立言以传后者，百无一焉；至于修身行己，则绝不为意矣。（明·谢肇淛《五杂组》卷十三）

自明科举之法兴，而学校之教废矣。国学、府学、县学徒有学校之名耳。考其学业，科举之法外，无他业也；窥其志虑，求取科名之外，无他志也。（清·汤成烈《学校篇·上》）

士人“立言以传后者，百无一焉”，“于修身行己”“绝不为意”也，于“科举之法外，无他业也”，于“求取科名之外，无他志也”，如此一来，明诗成就亦略可知矣。明人俞宪（1508—1572），曾官至按察使,“素为科目所苦,雅不欲其(指俞宪冢子渊、仲子沂)急功名,趋利禄……间有便归,亦未尝程其课业”。(俞宪《盛明百家诗》)俞宪因为吃过举业之苦,所以不想让自己的两个儿子太急于功名,反之,尝以诗歌诱之,然而结果却适得其反:

> 长子渊素业儒,虽屡蹶场屋,而课程之暇,辄事吟咏,余喜其不羁也,尝为刻诗篇以诱其进。越数年,则专意课程,无意篇翰矣。岂其急于进取而忘性情之学若是耶!(俞宪《盛明百家诗》)

“急于进取”者,举业一途也;“性情之学”者,诗歌一脉也。即使俞宪“尝为刻诗篇以诱其”长子俞渊,亦即使俞渊曾经于“课程之暇,辄事吟咏”,然俞渊“越数年,则专意课程,无意篇翰矣”。“课程”之惑如此深巨,“篇翰”之衰亦即自然而然也。明代诗人、散文家、“嘉靖八才子”之首的王慎中在其《陆龙津诗集序》中记述的一则小故事很有代表性:

> 维扬陆群龙津,少以异质,有文名,每出语,辄惊其先生、长老,举子业煜然著于一时,有司试士,君即收其最等,人谓陆君俯拾场屋后选如地芥耳。君顾不乐为举子业,曰:“是拘曲缴绕,不足为。”独好为诗。陆氏世有诗人,以其学传于家,君与诸父昆弟相唱和,长篇短什,易词险语,更往迭来,江左诸谢群阮,风流不足多也。君诗益工,文日益不著,有司至试

者鲜复录君,同辈见其如此,亦易视之。君独自得,视众人以举业浮词猎耳声利者泊然如无者,不少摧其志,其好诗益酷。晚乃从一官捧檄书行数千里,为人之佐,颓然处郡幕中,上君大夫皆所谓以举子业得名据尊践严,君方当趋走伏谒,跪拜逡巡,手板颠倒,色沮气屏,得无悔前之为乎?

陆龙津可谓明代科举社会中的一个另类人物,“少以异质,有文名”,“举子业煜然著于一时,有司试士,君即收其最等”,如果陆氏沿着举业之路走将下去,亦当真可以“俯拾场屋后选如地芥耳”,然陆氏“不乐为举子业”,“独好为诗”,可最终却“颓然处郡幕中”,见之“上君大夫”,“趋走伏谒,跪拜逡巡,手板颠倒,色沮气屏”,而彼“上君大夫”“皆所谓以举子业得名据尊践严”,陆氏“得无悔前之为乎”?然也。亦非陆氏真心“悔前之为”,乃科举社会使之然也。“君诗益工”荡然也。嘉靖二十九年(公元1550年)进士的徐中行在其《叙邵长孺诗》中记述的一则小故事与陆龙津的人生经历大为不同,可谓之明代科举社会中的“正能量”:

长孺少受掌故《尚书》,念母寡老,贫而不卒业。渡大江、客淮汉,而游梁、游燕,缘诗而抒其忧思之怀,何所求闻?乃物色者竟以诗名长孺。黎惟敬见而悚然异之曰:“美哉!安所得闻《召南》之音乎?”亟称之辇下,名骎骎起。长孺谢去,谓:“今士以急经术贵,奈何有邵生顾以不急之业取世资耶?”遂鼓箧从胄子游。翩翩称司成高第,悔其少作若敝帚已。

邵长孺素有诗名,且为世人称道,然其情知诗歌乃“不急之业”,亦非长远之计,故而弃诗而专攻举子业,后来果然中第扬名也。陆龙津和邵长孺之事例可谓一反一正,反者为警示教训也,正者乃成功经验也,此亦科举重压之下明人之普遍价值观也。此等重压之下,明诗亦自苟延残喘已而。

或问:既然“诸生者,无不沉溺于四书注解及先辈制艺,白首而不暇他务”,却又为何明诗作者及明诗数量竟大大超过了唐诗作者及唐诗数量耶?一言以综之:明人诗歌价值观念为明代科举制度严重扭曲之故也。概而以言之,明人于诗歌之态度皆因是否具有举业之功名而大不相同:未有功名者,平生穷经皓首,无暇他顾,且竭力排斥诗歌,直至穷途末路、举业完全无望之时方才无奈为诗一抒胸中无限块垒耳;已有功名者,“春风得意马蹄疾”之后,为沽名钓誉计,遂极力提倡诗歌,亦无虑附庸风雅为之也。二者为诗情形虽异,然异中有同。同者大略有二,一是其创作的诗歌数量极其庞大,二是其诗歌创作的质量极其低下。数量姑且不论,质量却不得不论:

> 夫诗道至今日卑甚矣。闾巷小人艳一青衿不得,即摇笔学为诗,游大人以媒食。士大夫或不得意于名场,而后染指焉。以其冷灰无用之精神,问津万里之途,安能运到。诗道安得不卑。(明·冯梦祯《快雪堂集》卷一)

冯氏所论乃指“未有功名者”而言。彼士人“不得意于名场”之后早已心力憔悴也,“以其冷灰无用之精神”而“染指”诗歌,诗歌成就“安得不卑”耶?“未有功名者”如此,而“已有功名者”之情形则大不同,其诗歌创作热情可谓极其蓬勃高涨也:

> 予既第进士,顾视同年,皆天下之英也。而时方竞师唐人为师,诗日相角而品日高。(明·罗玘《罗圭峰文集》卷五《送蔡君之任南京刑部员外郎》)

且不论当时诗歌质量是否真的“品日高”也,而“时方竞师唐人为师,诗日相角”之语,却亦能看出“既第进士”后之特定诗坛的热闹程度。罗玘又曾云:

> 今天下之治百余年,宋不足论,人有不谈诗书者,存世戮辱,三年大比,将家子或等高科,至四遐羁縻之乡,迩来亦然,不独内地而已。(《罗圭峰文集》卷五《联芳类稿序》)

却原来,即使高登科第之后如若“不谈诗书者”亦乃“存世戮辱”也,势将为世人所耻笑,如此之下,明代诗坛又何愁不“热闹非凡”也?正因为如此,即便明代士人于举业早已不堪重负,然亦有少数“异质聪慧”之人于穷攻制艺之余操翰而为诗也:

> 工为制举业者必兼为诗,即上不以此取士,又无人督之

使必为，而士若非此者，无所容于世者。（清·周亮工《赖古堂集》卷十九）

周亮工言指自然非独明代，而明代自然亦然。诗歌乃中国封建社会中最为“正统”的文学样式，士人如无诗作将“无所容于世者”。一般文人已作如是观，更何况那些已然高中科第者与？是故明代诗坛骤然“灿若星辰”也：

国明抚有函夏二百年，承平久而歌咏盛，士及缙绅谈诗者十人而八九，作诗者十人而六七，刻诗者十人而有四五焉。以四五而在十人，举天下论之，其多不可数计矣。（明·李开先《李开先集·闲居集》）

李开先乃嘉靖八年（公元 1529 年）进士者，其所言应该有所夸张，但明诗创作之盛况从中亦可窥见一斑也。此“盛况”之中，及第中举者无疑是“承平久而歌咏盛”中的主力军。然此“主力军”之创作心态与彼失意举业者之创作心态亦实无本质性差异耳：

去古日远，学法芜废。自少及壮，举其聪明猛利朝气方盈之岁年，耗磨于制科帖括之中，年运而往，交臂非故，顾欲以余景残晷，奄有古人分年课程之功力，虽上哲亦有所不能……侵寻四十，乃稍知古学之由来，而慨然有改辕之志，则其

不逮于古人也，亦已明矣。（钱谦益《牧斋有学集下·复徐巨源书》）

钱谦益乃明末清初诗坛盟主之一，学者称“虞山先生”，为明万历三十八年（公元1610年）一甲三名进士，其言当属有感而发，亦肺腑之言也。如此钱氏，“侵寻四十，乃稍知古学之由来”，虽“慨然有改辕之志，则其不逮于古人也”，何也？因其“聪明猛利朝气方盈之岁年，耗磨于制科帖括之中”，惟剩“余景残晷”耳。此“余景残晷”与冯梦祯所言“不得意于名场”者之“冷灰无用之精神”亦名异而实同也。隆庆二年（公元1568年）进士的明代政治家、学者和诗人于慎行对此之见解似乎比钱谦益更为深刻。其有云：

著作之文，由制举而敝，同条共贯则一物也。何者？士方其横经请业、操觚为文，所为殚精毕力、守为腹笥金篇者，固此物也。及其志业已酬，思以文采自见，而平时所沉酣濡截入骨已深，即欲极力模拟，而格固不出此矣。至于当官奉职，从事筐箧之间，亦惟其素所服习以资黼黻，而质固不出此矣。雅则俱雅，敝则俱敝，己亦不知，人亦不知也。（《谷山笔尘卷八·诗文》）

于氏不仅一如钱氏一般看出士人因“横经请业、操觚为文，所为殚精毕力、守为腹笥金篇”，毕生精力早已让举业消耗殆尽，更悟出“志业已酬”之后，虽欲为诗，然“平时所沉酣濡蘸入骨已深”，“而质固不出此矣”。“此”者，时文也，八股文也。换言之，于氏以为，进士之后者为诗，大抵脱离不了八股文的一贯机械、模仿之老套路也。此言甚是。明人吴讷有云：

不顾文辞题意，概以场屋经训性理之说，施诸诗赋及赠送杂作之中，是岂谓之善学也哉？（《文章辨体·凡例》）

“以场屋经训性理之说，施诸诗赋”，亦即以八股文体为诗也。似这般为诗，焉能为出好诗耶？清代诗文家潘德舆更为直截了当地点出了明代诗歌与八股文之渊源干系：

汉魏诗似赋，晋诗似道德论，宋、齐以下似四六骈体，唐诗则词赋骈体兼之，宋诗似策论，南宋人诗似语录，元诗似词，明诗似八股时文。风气所趋，虽天地亦因乎人，而况文章之士乎？（《养一斋诗话》）

“风气所趋”，实极精当之语也。“明诗似八股时文”，实乃明代科举“风气”所致，士人何能免乎？于是乎，有明一代不仅出现了大量的八股选本、范本、评点等一干应试读物，诸如杨起元所著（一说系李贽）《四书眼》、钟惺所著《四书参》、王梦简所著《四书徵》、杨慎所著《经义模范》等等，更有学者煞有介事般诠释诗歌体式与八股体式之异同关系。例如“茶陵诗派”主要代表人物李东阳曾有云：

> 诗与诸经同名而体异，盖兼比兴，协音律，言志励俗，乃其所尚。后之文皆出诸经，而所谓诗者，其名固未改也，但限以声韵，例以格式，名虽同而体尚亦各异。(《怀麓堂全集·文前稿》)

在李东阳看来，“诗与诸经同名而体异”，二者其实就是一回事情。他不仅如此说法，且还如此实践，其诗歌名作《拟古乐府》，实际上就是以乐府诗体作史论耳，通篇充盈着浓郁的道学气息。

不过，明人亦不乏清醒认识者：

> 国初沿宋经义，而其胶结于人肺腑，其弊尤甚。士壮岁而取科第，则为经义所困久矣。经义无取于古文，可以省博雅；无取于谐音，可以昧律韵。其去诗若文之道甚远，则一离经义，何时可以通诗赋也？(明·何乔远《诸葛弼甫先生文集序》)
>
> 诗与古文，门径绝异，时文于二者更异。彼既长于时文，即以时文见识为古文诗，骨髓之疾也。(明·吴乔《围炉诗话》卷六)
>
> 世之习举业者，牵于义理，狃于穿凿，于风人性情声气，了不可见，而诗之真趣泯矣。(明·许学夷《诗体辨源》卷一)

"经义""去诗若文之道甚远",八股时文与诗歌创作本来就不是一回事情;"以时文见识为古文诗,骨髓之疾也",八股时文于诗歌创作,危害之大之重也;"世之习举业者"为诗,"诗之真趣泯矣",以八股时文为诗,诗道且衰且卑也。明代文学家、弘治十八年(公元1506年)进士陆深曾痛彻心腑地慨叹道:

> 夫今九州岛之广,四海之远,聪明才辩,固自不少,皆科举之学误之也。天下人才,不过二等,天资明敏者,上也;学问后通者,次也。上焉者,其于科第早得数年,次焉者,其于科第迟得数年,大约如是而已矣。早者,血气未定,一旦心与物交,有引于功名,有引于富贵,间有有志学术而重为政事所缚者,既有志又有地,千百之十一耳,是上焉者,科举误之也。迟者,血气既衰,力不迨志,是次焉者,科举又误之也。举天下之人才,皆误于科举。(《俨山集》第85卷)

陆氏将"天下人才"分为"上"与"次"二等,"上焉者,科举误之也","次焉者,科举又误之也",于是陆氏得出一个沉重的结论:"举天下之人才,皆误于科举"也。天下"人才"皆误之,天下"诗才"自然难以幸免也。既了无诗才,自然难有好诗,明诗成就只能"真趣泯矣"。清代乾、嘉时期代表诗人之一,与赵翼、蒋士铨合称"乾隆三大家"的袁枚,在其《随园诗话》卷十二中记叙了其至交、亦当时名医徐大椿的《刺时文》一诗,且认为该诗"语虽俚,恰有意义"。《刺时文》诗云:

读书人,最不济
烂时文,烂如泥
国家本为求才计
谁知道变做了欺人技
三句承题,两句破题
摆尾摇头,便道是圣门高弟
可知道《三通》《四史》是何等文章
汉祖、唐宗是那一朝皇帝
案头放高头讲章
店里买新科利器
读得来肩背高低
口角嘘唏
甘蔗渣儿嚼了又嚼
有何滋味
孤负光阴
白白昏迷一世
就教他骗得高官
也是百姓、朝廷的晦气

徐神医果真“神”也,竟用如此俚俗之语将八股时文之“精髓”及其危害斥骂得痛快淋漓、体无完肤也。其又岂止是“百姓、朝廷的晦气”?实亦乃明朝诗坛之大大“晦气”也。

明朝诗坛“晦气”如此，明人其实亦在反思个中究竟。反思来反思去，亦无虑与唐人及唐诗相联系、相比较耳：

大抵唐以诗设科，命题拟作，争为奇丽，以衔主司，即今之文字然，胡可以求其盛美哉。（明·陈沂《拘虚诗谈》）

唐以诗选士，世谓之唐诗，士大夫以为诗不唐不工也。相与熔章缋句，证体谙音，毕其心力以庶几乎作者之林……今天下罢词赋之科，以经术选士……士有诵习其说，形之楮墨之间，一当有司，即取高第而去，何其易也。夫唐人之诗，沿流汉魏，上薄风骚，非高才绝识之士，不闯其藩篱，故能者益少。（明·陈尧《玉芝楼稿序》）

上引二言皆以为科举内容对诗歌创作有着绝对的影响力：“唐以诗设科”，故唐诗“盛美哉”；“唐以诗选士”，故诗“不唐不工也”。此论其实亦并不新鲜，实乃南宋诗人严羽“唐以诗取士故诗盛”之论的翻版也。严羽在其名作《沧浪诗话》中云：“或问：‘唐诗何以胜我朝？’唐以诗取士，故多专门之学，我朝之诗所以不及也。”（《沧浪诗话·诗评》）虽然严氏此论不无偏颇之处，因为有唐一代任何时候、任何科目的考试绝非只有诗赋一科，然而明人于“唐以诗取士故诗盛”之论却几乎深信不疑：

唐以诗赋取士，故诗学之盛，莫过于唐。（明·陆容《菽园杂记》）

> 盖唐以诗赋取士，故士之工诗，犹汉之经术有专门焉，如从游应制，必品其高下；学士竞揆于外，昭容评可于中，虽燕集赓唱，亦私为甲乙，推其擅场，故诗益精焉（明·皇甫汸《刘侍御集序》）

以为“唐以诗取士故诗盛”固然是明代士人中较为普遍的观点，然对此很不以为然者似乎亦不是一家之言：

> 人谓唐以诗取士，顾诗独工，非也。凡省试诗，类鲜佳者。（明·王世贞《艺苑卮言》卷四）
>
> 唐以诗取士，或曰诗莫盛于唐也。曾子曰：唐之能为诗者有之矣，而其可与言诗者三百年间吾少见其人。夫唐以诗取士者也，唐以诗取士，而谪仙、少陵顾不在科目之中，然则唐之开科以诗，特为禁锢李、杜二人而设也……吾读唐人诗，其佳者大抵抚事感物诸什，而其应制锁院之文，欲求一语之不令人呕秽竟不可得，则非唐无诗，而以诗取士，故无诗也。（明·曾异撰《张友有诗集序》）

上引二论，貌似有理，实乃亦偏颇也。王世贞之论不免有以偏概全之嫌：唐人“省试诗，类鲜佳者”，却又如何能够否定整个唐诗“独工”也？又何况，所谓的“省试诗”在唐诗中所占之分量轻之又轻也，既无从否定，自然亦难以推翻“唐以诗取士，顾诗独工”之说也；曾异撰之论则不仅偏颇，甚或偏激也：以李、杜非科举出身之特例进而完全否定唐代科举在造就“诗才”方面的巨大作用，真有些非牛非马、不知所云也。诚然，或以为唐代以诗赋取士本身非但没有大大促进诗歌的大繁荣，反而对诗歌的发展带来了一定的消极影响。但是，我们应该十分清醒地看到，唐代以诗赋取士之制度，对整个社会诗歌风气的形成至关紧要，没有这样的诗歌社会风气，又何来的一代大唐诗歌？亦恰如明代以八股时文取士，形成了明代社会“时文”之风气，士人“以时文见识为古文诗”，自是明诗之“骨髓之疾”也。“疾”至“骨髓”，何药可医也？故明诗一如秋草般衰落凋零耳。只看到唐代以诗赋取士对诗歌影响之消极一面，或以唐人“省试诗，类鲜佳者”及李、杜非科举出身之例来完全否定唐代科举制度在形成社会诗歌风气方面的巨大作用，诚不足为训也。

明人其实亦清楚地看到了这一点。明代“庶吉士”制度的设立，从一定意义上来说就是对以八股时文取士制于诗歌创作之重大弊端的一种自我纠正。明代“庶吉士”制度始于洪武十八年（公元1385年）乙丑科：

> 庶吉士之选始自洪武十八年乙丑。上以诸进士未更事，欲优待之，俾观政于诸司，俟谙练然后任之。其在本院、承敕监等近侍衙门者，采《书经》“庶常吉士”之义，俱改称为“庶吉士”，其在六部及诸司者仍称进士云。（明·黄佐《翰林记·庶吉士铨法》）

不过洪武年间的庶吉士均带有实习性质，且选出的庶吉士还不专属于翰林院管理。庶吉士之专隶翰林院管理应始于永乐二年（公元 1404 年）甲申科，该科除授一甲进士曾棨、周述、周孟简三人为翰林院修撰、编修之外，“复命于第二甲择文学优等杨相等五十人及善书者汤流等十人，俱为翰林院庶吉士”（《明太宗实录》卷二九）。“文学优等”四字，略可看出庶吉士培养之一大特点也。庶吉士出身者往往具有较快的升迁机会，“庶吉士始进之时，已群目为储相”（《明史》卷七十一《选举制二》），“二十年间，便可跻卿相清华之选，百职莫敢望焉”（明·谢肇淛《五杂俎》卷十五《事部三》）。有明一代共有阁臣 164 位，由进士馆选出身者 82 人，居阁臣总数半焉，可见庶吉士在明代政治文化生活中地位之重要。黄佐《翰林记》载永乐三年（公元 1405 年）明太宗朱棣谕勉新选庶吉士云曰：

为学必造道德之微，必具体用之心，为文必并驱班、马、韩、欧之间。

《明宣宗实录》卷六四载云：

（宣德五年三月）己巳命大学士杨士奇、杨荣、金幼孜曰：“新进士多年少，其间岂无有志于古人者。朕欲循皇祖时例，选择优秀十数人就翰林院教育之，俾进学励行、工于文章，以备他日之用。卿等可察其人，及选其文词之优者以闻。”于是，士奇等选萨琦、逯端、叶锡、陈玑、林补、王振、许南杰、江渊等八人以闻。

“文必并驱班、马、韩、欧之间”，此“文”自然与八股时文显著有异也；“文词之优”者，其“文词”中亦必然包含诗歌在内焉。由此可见庶吉士的培养目标显然是有向诗歌方面倾斜的考量。庶吉士较为完备的考选标准和考选程序应始于弘治四年（公元1491年），时阁臣徐溥、邱浚向孝宗朱祐樘《奏为考选庶吉士事》云曰：

待新进士分拨各衙门办事之后，俾其中有志学古者，各录其平日所作文字，如论策、诗赋、序记之类，限十五篇为止。于一月之内，赴礼部呈献。礼部阅视讫，编号送翰林院考订。其中词藻文理有可取者，按号行取。本部仍将各人试卷，记号糊名转送，照例于东阁前出题考试。其所试之卷，与所投之文相称，即收以预选；若其词意钩棘而诡僻者，不在取列。中间有年二十五岁以下，果有过人资质，虽无宿构文字，能于此一月之间有新作五篇以上，亦许投试。若果笔路颇通，其学可进，亦在备选之数。（《明太宗实录》卷162）

孝宗朱祐樘采纳了该奏，以后明代诸帝通常遵照执行。不难看出，“新进士”“赴礼部呈献”之“论策、诗赋、序记”等等都是传统的文学样式，显示庶吉士选拔制度已有去八股之鲜明倾向，且“诗赋”业已成为庶吉士必考科目之一。亦如向前所述，从一定意义上来说,“庶吉士”制度就是对以八股时文取士制于诗歌创作之重大弊端的一种自我纠正也。

据史载,庶吉士进入翰林院之后,物质待遇比较优厚,学习时间及学习条件亦有充分保障:

> 司礼监月给笔墨纸,光禄给朝暮馔,礼部月给膏烛钞,人三锭,工部择近第宅居之。帝时至馆召试。五日一休沐,必使内臣随行,且给校尉驺从。(《明史》卷七十)
>
> 古人文学之至,岂皆天成?亦积功所至也,汝等勉之。朕不任尔以事,文渊阁古今载籍所萃尔,各食其禄,日就阁中,恣尔玩索务实得于已,庶国家将来皆得尔用,不可自怠,以孤(疑“辜”字误)朕期待之意。(《大明太宗文皇帝实录》卷三十八)

“给笔墨纸”,“给朝暮馔”,“给膏烛钞”,“择近第宅居之”,庶吉士之生活无忧也;“文渊阁古今载籍”“恣尔玩索”,庶吉士之学习环境亦优越也。弘治(公元 1488 年—公元 1505 年)以前,庶吉士在翰林院内学习诗歌并没有强制性的规定。李东阳《麓堂诗话》载云:

> 方石(明代“茶陵诗派”重要作家谢铎,字鸣治,号方石)自视才不过人,在翰林学诗时,自立程课,限一月为一体。如此月读古诗,则凡官课及应答诸作,皆古诗也。故其所就,沉

著坚定，非口耳所到。既其老也，每出一诗，必令予指疵，不指不已。及予有所质，亦倾心应之，必使尽力。

谢铎"在翰林学诗时"乃"自立程课"，"月读古诗"，可见彼时诗学教程并无统一规定。然随着"庶吉士"制度的定型，其诗歌学习之内容亦随之有了相应的规定：

> 自正统以后，抡选多非出自圣意，而从阁臣议请举行。亦不得读中秘书，而以《唐诗正声》、《文章正宗》为日课，不知将来所以备顾问、赞机密者，果用此糟粕否乎？（明末清初·孙承泽《春明梦余录》卷三二"庶吉士"条，《文渊阁四库全书》本）
>
> 诸士宜讲习四书、六经，以明义理；专观史传，评骘古今，以识时务。而读《文章正宗》、《唐音》、李、杜诗，以法其体制，并听馆师日逐授书稽考，庶所学为有用。（明·徐阶《示新庶吉士条约》）

《唐诗正声》与《唐音》皆为唐诗选集，外加李、杜之诗，可见庶吉士学习诗歌之情状盖以崇唐为主流也。庶吉士有如此优越的学习环境，又以唐诗为模范，加之最高统治者"时至馆召试"、格外青睐之，庶吉士诗歌创作之成就似乎难有不兴盛发达之理由。然而事实结果却几乎正好相反。清人赵翼有云：

唐、宋以来，翰林尚多书画医卜杂流，其清华者，惟学士耳。至前明则专以处文学之臣，宜乎一代文人尽出于是。乃今历数翰林中以诗文著者，惟程敏政、李东阳、吴宽、王鏊、康海、王九思、陆深、杨慎、焦竑、陈仁锡、董其昌、钱福、钱谦益、张溥、金声、吴伟业耳。其次则夏昹、张泰、罗玘、王维祯、王淮、晏铎、王廷陈、王韦、陈沂、袁袠、黄辉、袁宗道，虽列文苑传中，姓氏已不甚著。而一代中赫然以诗文名者，乃皆非词馆，如李梦阳、何景明、王世贞、李攀龙，世所称四大家，皆部郎及中书舍人也。其次如徐祯卿、边贡、杨循吉、柯维骐、王慎中、唐顺之、田汝成、皇甫涍兄弟、王世懋、袁中道、曹学佺、钟惺、李日华、陈际泰，亦皆部曹及行人博士也。其名称稍次，而亦列文苑传者，储瓘、郑善夫、陆师道、高叔嗣、蔡汝楠、陈束、梁有誉、宗臣、徐中行、吴国伦、王志坚，亦皆部曹及中书行人也。顾璘、王圻、李濂、茅坤、归有光、胡友信、屠隆、袁宏道、王惟俭，则并非部曹而皆知县矣。然此犹进士出身也。若祝允明、唐寅、黄省曾、瞿九思、李流芳、谭元春、艾南英、章世纯、罗万藻，则并非进士而举人矣。并有不由科目而才名倾一时者，王绂、沈度、沈粲、刘溥、文征明、蔡羽、王宠、陈淳、周天球、钱谷、谢榛、卢楠、徐渭、沈明臣、余寅、王登、俞允文、王叔承、沈周、陈继儒、娄坚、程嘉燧，或诸生，或布衣山人，各以诗文书画表见于时，并传及后世。回视词馆诸公，或转不及焉，其有愧于翰林之官多矣！（《廿二史札记》卷三十四）

赵翼所言详尽至极也，有明一代大小文人（诗人）几无缺漏者也。在赵翼看来，明代翰林院“专以处文学之臣”之庶吉士，按理“宜乎一代文人尽出于是”，然而，“程敏政、李东阳”辈“翰林中以诗文著者”，“虽列文苑传中，姓氏已不甚著”，几为诗坛、文坛所湮也；而“赫然以诗文名者，乃皆非词馆”中之“李梦阳、何景明、王世贞、李攀龙，世所称四大家”者，“其次如徐祯卿、边贡”诸辈，“稍次”如“储瓘、郑善夫”诸人，“若祝允明、唐寅”等人，“并有不由科目而才名倾一时者”之布衣诗人，如“王绂、沈度”等等，其诗文成就无虑高于“程敏政、李东阳”辈之庶吉士也。换言之，赵翼以为，大明朝廷殚精竭力所培养出来的庶吉士，其诗文水准竟然低于非庶吉士者，甚或亦低于无有功名之布衣者。何也？个中缘由着实值得深思也。嘉靖进士、庶吉士出身、曾任内阁首辅的高拱曾有云：

> 庶吉士之选留者，其选也以诗文，其教也以诗文，而他无事焉。夫用之为侍从而以诗文犹之可也，今既用于平章而犹以诗文，则岂非所用非所养，所养非所用乎？旧制固不敢议，而就中有以为之处焉，亦无不可者。诚宜于其选也必择夫心术之正、德行之良、资性之聪明、文理之通顺者充之，而即教之以翰林职分之所在……翰林庶吉士固未尝不可也，今也止教诗文，更无一言及于君德治道，而又每每送行贺寿以为文，栽花种柳以为诗，群天下英才为此无谓之事，而乃以为养相材，远矣。（《钦定四库全书·本语卷一》）

崇祯时户科给事中瞿式耜曾上书奏云：

> 其试士之题，臣愚谓宜仿古制，考以今日吏治民生、经邦强国之策。不必尽依旧制（即强调诗赋文章），以风云月露之词，徒费精神于无用也。（明末清初·孙承泽《春明梦余录》卷三二）

高拱所言与瞿式耜所言大同小异耳，皆以为当时的“庶吉士”制度乃“所养非所用”，“徒费精神于无用也”，应该进行改革之，惟改革之途径不尽相同，高氏认为“必择夫心术之正、德行之良、资性之聪明、文理之通顺者充之”，然后“教之以翰林职分之所在”，而瞿氏认为“不必尽依旧制”，“宜仿古制，考以今日吏治民生、经邦强国之策”，二者本质其实亦一也，“所养应所用”耳。而高、瞿二人又似乎于无意之中偏偏道出了明代庶吉士诗歌成就低迷的主要原因。原因者何？“以风云月露之词”，“栽花种柳以为诗”也。事实亦的确是如此。万历年间进士、“华亭画派”杰出代表董其昌在其《画禅室随笔——卷二》中论述画诀时云曰：“画家六法，一气韵生动。气韵不可学，此生而知之，自有天授，然亦有学得处。读万卷书，行万里路，胸中脱去尘浊，自然丘壑内营，立成鄄鄂。”董氏虽说的是“画诀”，于“诗诀”亦自相通也。惟“读万卷书，行万里路，胸中脱去尘浊”者方可为诗耳。杜甫于《奉赠韦左丞丈二十二韵》中云“读书破万卷，下笔如有神”，实乃以“行万里路”为基础也。如前所述，明代庶吉士欲“读万卷书”其实并不难，然则“行万里路”却难矣。明人沈德符《庶常授州县》篇有云：

庶常授官外任，此永乐、宣德间本有定制。时事至有授王府典宝奉祠者，即纪善亦不易得也。至正德间，则资格大定久矣。乃六年辛未科，则山东武城人庶吉士王导，以中原流寇大乱，欲奉祖母避地江南，请改应天府教授，允之。十二年丁丑科，河南宜阳人王邦瑞，以丁忧去，再来仅补广德知州。此二科馆选，从无一人任外吏者，一则自请，一则直除，俱恬然莅任，不闻有怨言。盖前此正德三年戊年辰科，有焦黄中等，以传奉为吉士，寻升编检侍讲，宜有后人之退让。其后王导历官兵部尚书，赠太子少保谥襄毅；邦瑞至吏部左侍郎，赠礼部尚书，谥文定。而焦黄中等削籍，为士林不齿。然则躁静，果熟为得之耶？至嘉靖五年丙戌散馆，尽授科道部属，而李元扬等四人授知县。则以张萝峰密疏，谓皆故相费宏所植私人，不足作养。八年己丑吉士，虽皆萝峰所取门生，然以会元唐顺之等皆不附座师，故尽斥为主事，仅得二给事中、一御史、又二知州、一推官。此柄臣弄权，窃威福以钳劫后进，非上意亦非诸士退让也。自此至今九十年，更无此事矣。万历己丑散馆，吾浙有一吉士，当得礼部主事，心厌薄之，以情祈于太宰陆庄简。陆同郡人也，甚不乐，谓吉士曰：“不佞往日，从邑令转刑部郎，得调春曹，自谓极清华之选，今已忝窃至此。安见台省之足慕耶？”吉士终以座师次揆许新

安力，授御史，自此至甲辰六科散馆，遂无一人为郎署。而丁未黔人潘润民授礼部，且以为创见矣。（《万历野获篇》卷十）

沈氏此言较长，概言之：自嘉靖至万历间，历时达九十余年之久，馆选庶吉士达数十人之众，然除极个别特例之外，余众竟“无一人任外吏者”。庶吉士既多在朝中任职，其活动范围亦大都只囿于京城之地，自然亦谈不上所谓“行万里路”也。庶吉士既然无“路”可行，奢想写出好诗可谓难上加难矣，亦只能写些“栽花种柳”、“风云月露之词”也。天顺八年（公元 1464 年）进士的罗璟考庶吉士时，内阁试以《秋宫怨》为诗题，罗璟答诗曰：“独倚栏杆强笑歌，香肌消瘦怯春罗。羞将旧恨题红叶，添得新愁上翠娥。雨过玉阶秋色静，月明青琐夜凉多。平生不识春风面，天地无情奈老何。”该诗一气贯之，语脉流畅，然直所谓为赋新词强说愁也，亦仅此而已也。相较而言，内阁考选庶吉士的诗题多少还有点生活的气息，若是皇帝的御制诗题则不仅了无生气，且还充满了理学气味儿，如弘治癸丑年（公元 1493 年）明廷内阁选拔庶吉士的诗题为《中秋无月》，而明世宗朱厚熜于 1535 年在文华殿亲试庶吉士的诗题则为《读五伦书有感》。此等诗题，真所谓“群天下英才为此无谓之事”，结果亦只能是“徙费精神于无用也”，“无用”至此，明诗焉得不衰也？

更为致命的是，明廷遴选庶吉士入馆学习诗词歌赋等，似乎本来就不是为了提高他们的文学素质，而是仅仅为了“应酬”二字：

当是时，凡以制科入翰林者，有所作，往往循时文之旧，欲为古学，必更考其素所摒置者，经时累月，然后得以应酬于人。（明·萧镃《尚约居士集》卷十一）

萧镃所言应该是实情。其为明宣德二年（公元1427年）进士，宣德八年（公元1433年），宣宗朱瞻基命杨溥选三科进士，拔二十八人为庶吉士，萧镃为之首。萧氏之言至少透露了三点信息：其一，文人学士为了穷力应付制科已经不会写作诗文之类了，“以制科入翰林”成为庶吉士之后，即使勉力“有所作”，亦“往往循时文之旧”，诗文中散逸着浓浓的八股气息；其二，庶吉士文人“欲为古学”（显然包含诗歌在内），就得把“素所摒置者”（显然亦包含诗歌创作在内）重新拾掇起来温习，再“经时累月”、苦思冥想之，方可作诗文，此等诗文亦不免暮气沉沉耳；其三，“以制科入翰林”后为诗文，目的无他耳，但为“得以应酬于人”耳。萧氏此论，实乃明代科举制度于文人心灵及诗歌创作之极大戕害、极端危害之大概总结也。惟“其三”一点尚有必要再次强调之。如前所述，不独是庶吉士之人，明代文人大量为诗，在很大程度上亦只为“得以应酬于人”耳。因为僵化的科举制度严重僵化了明人的诗歌价值观，在大批明人眼里，诗歌不再是抒情言志的载体，它只是文人“高雅”的身份象征。换言之，在明人眼里，诗歌已经沦落为“应酬于人”的一种简单而必需的工具也。对此，有识之士自然深恶痛绝以斥之：

诗坏于明，明诗又坏于应酬。朋友为五伦之一，既为诗人，安可无赠言？而交道古今不同，古人朋友不多，情谊真挚。世愈下则交愈泛，诗亦因此而流失焉。《三百篇》中，如仲山甫者不再见。苏、李别诗，未必是真。唐人赠诗已多。明朝之诗，惟此为事。唐人专心于诗，故应酬之外，自有好诗。明人之诗，乃时文之尸居余气，专为应酬而学诗，学成亦不过为人事之用，舍二李何适矣！（明·吴乔《围炉诗话》）

吴氏处明清代交之际，上引所言自是切身体会、有感而发，但“明人之诗，乃时文之尸居余气”，亦不免有所刺耳也，然“诗坏于明，明诗又坏于应酬”及明人“专为应酬而学诗，学成亦不过为人事之用”，亦确乎明诗之定论也。实际上，吴乔在别处亦曾发表过类似之论：“明自弘、嘉以来，千人万人，孰非盛唐？则鼎之真赝可知矣。晚唐虽不及盛唐、中唐，而命意布局寄托固在。宋人多是实话，失《三百篇》之六义。元诗犹在深入处。明诗唯堪应酬之用，何足言诗？”（《答万季野诗问》）然也。当诗歌“唯堪应酬之用”之时，自然无足论之，亦就只能沦为交际之一种工具也。曾辑有《明诗平论二集》的明人朱隗曾云曰：

嘉、隆间五古，正恨其通套无痛痒，如一副应酬贽礼，牙笏绣补，璀璨满前，自可假借，不必己出，人亦不堪领受。又如楚蜀旧俗，以木鱼漆鸭宴客，不若松韭之适口，恶其伪也，

恶其袭也。(清·钱谦益《列朝诗集》丁集第十三之下)

朱氏"恶其伪也,恶其袭也","恨其通套无痛痒,如一副应酬贽礼,牙笏绣补"者,自然不局限于"嘉、隆间五古",整个明诗大体亦然也。明末清初王崇简亦有云:

今诗文多坏于赠答之篇,无论其人之所宜,事之相合与否,称引过情,满纸谀词。不惟于其人之本末茫然,即实有懿行,反为浮饰所掩矣。(《谈助》)

王崇简乃明崇祯十六年(公元 1643 年)进士,于清顺治三年(公元 1646 年)授内翰林国史院庶吉士,故此所谓"今诗文多坏于赠答之篇",貌似言指清代,实乃针对明代以来相沿成习的浮滥应酬之诗风而发,所言"称引过情,满纸谀词"之应酬诗风,真乃"不惟于其人之本末茫然",其去诗歌抒情之本质亦愈行愈远也。今人郭万金先生有云:

明代诗人的一个重要特点即是进士出身,像谢榛那样的布衣诗人实不为多。恢复汉制的明人又常有比附汉唐的盛世情结,中举之后,不免要吟诗作赋,以示身份。作为时文之余的诗歌在明代基本上是进士的专利,然而,拜恩师、序同年、认同门、结同僚一类的群体性活动是进士生活中最主要的组成部分,诗歌则是最体面的媒介,而所谓的诗酒风流亦符合明人尚古的脾性，于是便形成了明代诗坛宗派林立、社团丛生的现象。在频繁纷闹的诗派与诗社中，写诗更多的是一种身份象征符号和行为规则，是一种知识谱系的惯例，很难培养出几个出色的诗人。钱基博的《中国文学史》是对明代诗文评价最高的一部文学史了，于此却言“自来文人好标榜，诗人为多，而明人之诗人尤甚。以诗也者，易能难精，而门径多歧，又不能别黑白而定一尊，于是不求其实，相竞于名，树职志，立门户……而此百十人中，没世而称者，不过三四十人”。(《关于明诗》刊于《文学评论》2005 年第 4 期)

“对明代诗文评价最高的”钱基博先生亦无奈承认，有明一代所谓以诗著称的“百十人中，没世而称者，不过三四十人”耳，何哉？乃因在明代“频繁纷闹的诗派与诗社中，写诗更多的是一种身份象征符号和行为规则，是一种知识谱系的惯例”，故而亦就“很难培养出几个出色的诗人”也。在兹不妨以何良俊的诗作为例略加说明之。

何良俊(1506—1573)，字元朗，号柘湖、柘湖居士，明华亭柘林(今上海市奉贤区)人，年轻时读书刻苦，攻习诗文，爱好戏曲，曾闭门自学 20 年。与弟何良傅并为俊才，时人将二人比为“二陆”。其声名尤盛，以词章于嘉靖、隆庆年间享誉东南一带：“每一篇出，非但艺苑翕推，而闾巷递诵，凤馆咏昌龄之句，鸡林售居易之篇，曷让焉?”(明 · 皇甫涝《何翰林集序》)皇甫涝是何良俊的挚友，其将何良俊诗作“艺苑翕推”之状与“凤馆咏昌龄之句，鸡林售居易之篇”相提并论，自有恭维“应酬”之嫌，然却也足见何氏彼时诗名之盛况。其嘉靖时为贡生，荐授南京翰林院孔目，因仕途失意，遂隐居著述，自称与庄周、王维、白居易为友，题书房名曰“四友斋”。从上可看出，何氏并非进士，甚至亦非贡士，近乎一介布衣，几无“拜恩师、序同年、认同门、结同僚一类的群体性活动”，此等身份，诗歌于他自然亦并非“最体面的媒介”耳，然翻开其《何翰林集》，应酬之诗作可谓琳琅满目、俯拾即是。《集》中收诗不足三百首，然仅诗题标明为“奉和”之作的就有近五十首，其它如“雅集”、“题画”一类诗作更多，不胜枚举也。概言之，《何翰林集》所录诗歌内容，要以“应酬”二字便可了得：

埋藏弓箭自当年
营浦桥山孰后先
五夜明禋通碧落
千年英爽肃高天
御园日暖莺犹涩
寝殿春深燕自翩
闻说鲸鲵横南服
愿凭余烈扫腥膻(《高庙诗次韵宗瓠川索和》)

诗写作者与宗训等人同游南京明孝陵，因是“索和”之作，自然流于泛泛，难有真情实感，惟应酬耳：

西园集上彦
待月临前楹
浮云翳初景
褰开露微明
义敦洽芳燕
道胜轻华缨
摛辞君已优
掞思余方盈（《戊申八月望夜，同周璧山、庄小山、朱贞晦、吴吴江宴杨南溟宅，分韵得“明”字》）

此为“雅集”之诗，诗句亦自“雅”也，然亦“泛泛常语过耳也”（宋·苏轼《与孙正孺书》中语），并无具体深刻之印象，但应酬耳：

种松看成百尺林
清秋拂石坐调琴
虬枝不作明堂用
独有蒙庄会此心（《题种松图，寿许石城奉常，次陈海樵韵》其一）
松风留待满长林
匡坐听风如听琴
我欲买山栽万树
与公白首结同心（《题种松图，寿许石城奉常，次陈海樵韵》其二）

此乃题画诗，因为题画，故相较而言，比上引“索和”及“雅集”之作略有内容也，然亦“略有”耳，诗以松树之长年譬喻人生之长寿，进而发表向往隐居生活之感，实属稀松平常，难称上佳之作。

要之，有明一代，科举僵化横行，文人难堪其负，无论进士与否，业已了无诗情，加之“庶吉士”制度先天不足，以致诗坛应酬之风蔓延，是故明诗数量虽巨，然略无质量可言，钱基博先生所言“没世而称者，不过三四十人”，亦实属抬举之辞也。

综之，科举制度极端僵化，实为明诗衰落之主因也。

第四论　朱元璋处心积虑，是明诗衰落的根本原因

朱元璋无疑是中国古代最具传奇色彩的开国皇帝，其“勤政”之名亦可谓旷古绝今。一个经常被人引用的数字是，洪武十八年（公元 1385 年）九月十四日至二十一日的八天中，朱元璋披阅了内外奏章一千六百六十件，处理军政大事三千三百九十一件，平均每天要披阅奏章二百余件，处理国事四百余件。然朱元璋本来却并没有多少文化，因家境贫寒，少时只读过几天私塾，十七岁时，因为天灾人祸，家人相继离世，为生存计，只得入寺为僧，不久便云游四方，后又返回寺庙，二十五岁那年弃寺投奔占据濠州城的郭子兴义军，从此开始了统一天下的步伐，终于四十一岁在南京称帝，建立了大明王朝，享国祚三十年，七十一岁驾崩于南京。可以说，青少年时期的朱元璋几乎目不识丁，只在参加反元义军之后，与知识分子多有接触，始有意留心于儒学，而登基之后，常驻京城，文人儒士恒伴左右，其学问、学业遂日益精进。《全明诗》有云：“（朱元璋）虽自幼失学，然起兵后接遇文士，留意学问，渐能识古今，通文辞。”所云亦大体不谬。被朱元璋称为“明朝开国第一文臣”的宋濂曾有云：“上（朱元璋）圣神天纵，形诸篇翰，不待凝思而成，自然度越今古，非积学者所可及。”（《恭题御和诗后》）被朱元璋称为“吾之子房也”的刘基曾有云：“皇帝……万几之暇，

作为文章，举笔立就，莫不雄深宏伟，言雅而旨远。”（《御制文集序》）洪武年间大才子解缙亦有云：“圣（朱元璋）情尤喜为诗歌，睿思英发，雷轰电触，玉音沛然，数十百言，一息无滞。”（《顾谨中诗集序》）宋濂、刘基和解缙辈彼时尽皆朱元璋御用文人，所谓“度越今古”、“雄深宏伟”和“雷轰电触”之语自然不免有粉饰之嫌，不过如前所述，在明朝十六位皇帝之中，朱元璋的文化知识水平应该属于上乘之列，由清代乾隆皇帝亲自组织编纂的《四库全书》中收录的《明太祖文集》达二十卷之多，略可谓洋洋大观也。其中，朱元璋拟写的《大明皇陵之碑》一文尤为后人所称道，其辞有云：

昔我父皇，寓居是方。农业艰辛，朝夕彷徨。俄尔天灾流行，眷属罹殃。皇考终于六十有四，皇妣五十有九而亡，孟兄先死，合家守丧。田主德不我顾，呼叱昂昂，既不与地，邻里惆怅。忽伊兄之慷慨惠此黄壤。殡无棺椁，被体恶裳，浮掩三尺，奠何肴浆。既葬之后，家道惶惶。仲兄少弱，生计不张。孟嫂携幼，东归故乡。值天无雨，遗蝗腾翔。里人缺食，草本为粮。予亦何有，心惊若狂。乃与兄计，如何是常。兄云去此，各度凶荒。兄为我哭，我为兄伤。皇天白日，泣断心肠。兄弟异路，哀动遥苍。汪氏老母，我为筹量。遣予相送，备醴馨香。空门礼佛，出入僧房。居未两月，寺主封仓。众各为计，云水飘飏。我何作为，百无所长。依亲自辱，仰天茫茫。既非可倚，侣影相将。突朝烟而急进，暮投古寺以趋跄。

仰穹崖崔嵬而倚碧，听猿啼夜月而凄凉。魂悠悠而觅父母无有，志落魄而佒佯。西风鹤唳，俄淅沥以飞霜。身如蓬逐风而不止，心滚滚乎沸汤……

据《明太祖洪武实录》载：洪武二年（公元1369年），“诏立皇陵碑。先是命翰林侍讲学士危素撰文，至是文成，命左丞相宣国公李善长诣陵立碑”。洪武十一年（公元1378年），命江阴侯吴良督工新造皇堂，朱元璋嫌原碑记“皆儒臣粉饰之文，恐不足为后世子孙戒”，乃亲撰碑文，重立新碑。碑文共26行，110句，1105字。郑振铎先生曾如此评价曰：

是篇（大明皇陵碑文）皇皇大著，其气魄直足翻倒了一切的记功的夸诞的碑文。他以不文不白、似通非通的韵语，记载着他自己的故事，颇具着浩浩荡荡的威势。（《插图本中国文学史》）

“其气魄直足翻倒了一切的记功的夸诞的碑文”，郑氏之评不可谓不高也。何哉？乃朱元璋亲笔所撰文辞实在是叙事真切、感情动人也。这里不妨将“儒臣粉饰之文”对应照录如次：

朕幼时，皇考为朕言，先世居句容朱家巷，尔祖先于宋季元初，我时尚幼，从父挈家渡淮，开垦兵后荒田，因家泗州，朕记不忘。皇考有四子：长兄讳某，生于津律镇；仲兄讳某，生于灵璧;三兄讳某,生于虹县;皇考五十,居钟离之东乡,而朕生焉。十年后,复迁钟离之西乡,长兄侍亲,仲兄、三兄皆出赘,既而复迁太平乡之孤村庄。岁甲申,皇考及皇妣陈氏俱亡弃,长兄与其子亦继殁,时家甚贫,谋葬无所;同里刘大秀悯其孤苦,与地一方,以葬皇考、皇妣,今之先陵是也。葬既毕,朕茕然无托,念二亲为吾年幼有疾,尝许释氏,遂请于仲兄,师事沙门高彬于里之皇觉寺,邻人汪氏助为之礼,九月乙巳也。是年蝗旱,十一月丁酉,寺之主僧岁歉不足以供众食,俾各还其家;朕居寺时甫两月,未谙释典,罹此饥馑,彷徨三思,归则无家,出则无学,乃勉而游食四方……(明·郎瑛《七修类稿》卷七“国事类”)

不难看出,“儒臣粉饰之文”与朱元璋亲撰之文相比,不仅毫无个性特色,更无丝毫真情实感可言矣。难怪明代藏书家郎瑛在其《七修类稿》按语中有云:

自古帝王之兴,皆位逼势敌,有以成其私志。汉祖虽微,亦为泗上亭长,岂特有如我太祖不阶尺土者耶?夫起自庶人,贵为天子,富有四海,莫不夸张先世,照耀将来,至有妄认其始祖者也,岂特有如我太祖特述其卑微者乎?此可见天生豪杰上圣之资,不可与常人等也。瑛伏读御制集中皇陵碑文,未尝不三叹三颂而已,惜世人止知其事而又未知太祖先已命臣下为文,述亦详矣,仍以未称而自撰,此尤见圣睿之益圣也。

郎氏“伏读御制集中皇陵碑文”，何以“三叹三颂”耶？非所谓“圣睿之益圣”，缘由实无他耳，乃“皇陵碑文”情之足以动人心魄、感人肺腑也。若以此类推，或以为朱元璋于文学之要求就在乎一个“情”字，则谬也，大谬也。正相反，朱元璋对彼时儒臣及天下文人为文之要求，恰恰就是要抛弃一个“情”字。舍情者何？“粉饰”二字尽可囊括也。这才是朱元璋所谓“圣睿之益圣”之处，实处心积虑为之也。如此一来，如“第一论”中所述，“风动于上，而波震于下者”，明初文风自然为之大变，诗风亦为之大变也。

元末明初的诗坛，本来是十分热闹的。且不论整个元朝的诗歌价值几何，单就元朝末期而言，其诗歌水平亦实有可圈可点之处：

> 元与明初的诗词，论者每有不满之语。但他们虽没有散曲坛那么样的光芒万丈，却也不是很寥落的。特别因为逢着蒙古人入据中原的一个大变，诗词的风格，遂也颇有不同于前的。慷慨激昂者，悲歌以当泣，洁身自好者，有托而潜逃，即为臣为奴者之作，也时有隐痛难言之苦。（郑振铎《插图本中国文学史》）

彼时，略有五大诗派并行著称于世：“国初吴诗派昉高季迪、越诗派昉刘伯温、闽诗派昉林子羽、岭南诗派昉于孙贲仲衍、江右诗派昉于刘崧子高。五家才力,咸足雄踞一方,先驱当代。”(明·胡应麟《诗薮》续编卷一)若比较而言,其中以“吴诗派”和“越诗派”最为繁荣昌盛。然大明以降,以高启(字季迪)为代表的“吴诗派”很快便分崩离析、化为乌有耳:

> 朱元璋崛起后,吴中文学首先遭遇灭顶之灾,杨维桢以高龄拒召,受惊而亡;高启被迫应征新朝,不久即因辞官招致杀身之祸;顾瑛死于流放途中;杨基、徐贲先被发配凤阳劳作,后被征用,终与张羽一样死于非命。(陈昌云《朱元璋与元末明初文风嬗变》刊于《北方论丛》2013 年第 1 期)

高启、杨基、徐贲、张羽四人世称“吴中四杰”,杨维桢、顾瑛二人更是名动一时,然皆接连魂断魄丧,何哉也?宋濂在为汪广洋的诗集《凤池吟稿》作序时有云:

> 昔人之论文者曰:有山林之文,有台阁之文。山林之文,其气枯以槁;台阁之文,其气丽以雄。岂惟天之降才尔殊也?亦以所居之地不同,故其发于言辞之或异耳。濂尝以此而求诸家之诗,其见于山林者,无非风云月露之形,花木虫鱼之玩,山川原隰之胜而已。然其情也曲以畅,故其音也眇以幽。若夫处台阁则不然,览乎城观宫阙之壮,典章文物之懿,甲兵卒乘之雄,华夷会同之盛,所以恢廓其心胸,踔厉其志气者,无不厚也,无不硕也。故不发则已,发则其音淳庞而雍容,铿

铛而镗鞳，甚矣哉！所居之移人乎。（《宋学士文集》卷七）

却原来，以高启为代表的“吴诗派”皆为宋濂口中所谓“山林者”，所作诗篇亦“无非风云月露之形，花木虫鱼之玩，山川原隰之胜而已”，虽然“其情也曲以畅，故其音也眇以幽”，但却“气枯以槁”，终非“台阁之文”“音淳庞而雍容，铿铛而镗鞳”也，是故为崇尚和标榜“儒雅”的朱元璋所不容。因为徜徉于“山林者”的“吴诗派”诸人，“政治观念淡漠，思想叛逆，个性张扬，喜欢自由抒写性情。诗文多吟咏风月、感叹人生无奈，高启诗云：‘不问龙虎苦战斗，不管乌兔忙奔倾’，充分体现‘山林之文’注重体物咏怀的审美特质和远离政治风云的特征”。（陈昌云《朱元璋与元末明初文风嬗变》刊于《北方论丛》2013 年第 1 期）而“吴诗派”的这一“注重体物咏怀的审美特质和远离政治风云的特征”，恰与朱元璋的尊孔崇儒、以儒治国的基本理念背道而驰。如此，“吴诗派”的覆灭，亦自然而然之事也。

朱元璋对孔孟之道感兴趣可谓由来已久。早在元至正十八年（公元 1352 年），朱元璋就曾如此言道：“圣人之道，所以为万世法。吾自起兵以来，号令赏罚，一有不平，何以服众。夫武定祸乱，文致太平，悉是道也。”（《明史》）建立明朝之后，甫一登基，朱元璋就更加明确地宣布：“仲尼之道，广大悠久，与天地相并，故后世有天下者，莫不致敬尽礼，修其祀事。朕今为天下主，期在教化以行先圣之道。”（《明太祖实录》）洪武二年（公元 1369 年），朱元璋谕令中书省臣曰：“朕恒谓治国之要教化为先，教化之道学校为本。今京师虽有太学，而天下学校未兴，宜令郡县皆立学，礼延师儒，教授生徒，以讲论圣道使人日渐月化，以复先王之旧，以革污染之习，此最急务，当速行之。”（《太祖高皇帝实录卷之四十六》）不难看出，朱元璋对孔孟之道可谓推崇备至也。明代宗朱祁钰景泰年间文臣马文升曾如此赞美朱元璋崇尚儒学云：

> 洪惟我太祖高皇帝，膺天眷命，奄有万方，君临天下，慨彼前元纪纲沦替，彝遵倾颓，斟酌损益，聿新一代之制作，大洗百年之陋习。始著《大明令》以教之于先，续定《大明律》以齐之于后，制《大诰》三编以告谕臣民，复编礼仪定式等书，以颁示天下，即孔子所谓道之以德，齐之以礼，道之以政，齐之以刑之意也。当时名分以正，教化以明，尊卑贵贱，各有等差，无敢僭越，真可以远追三代之盛，而非汉唐宋之所能及矣。（《马端肃奏议》）

“远追三代之盛，而非汉、唐、宋之所能及”，马氏对朱元璋宣扬儒家思想之赞美可谓至极也。所谓上有所好，下必效焉。时宋濂、刘基辈便自觉地将朱元璋的这一喜好运用于诗文创作理论之中，其一边反思元末以来流行的“诗贵自适”论调，一边竭力鼓吹“文以明道”、“文道合一”之说：

> 夫诗何为而作哉？情发于中而形于言。《国风》、二《雅》列于《六经》，美刺风戒，莫不有裨于世教。是故先王以

之验风俗、察治忽，以达穷而在下者之情，词章云乎哉。后世太师职废，于是夸毗戚施之徒，悉以诗将其谀，故溢美多而风刺少。流而至于宋，于是诽谤之狱兴焉，然后风雅之道扫地而无遗矣。今天下不闻有禁言之律，而目见耳闻之习未变，故为诗者，莫不以哦风月、弄花鸟为能事，取则于达官贵人，而不师古；定轻重于众人，而不辨其为玉为石。惛惛怓怓，此倡彼和，更相朋附，转相诋訾，而诗之道无有能知者矣。（明·刘基《照玄上人诗集序》）

刘基以为，为诗当如《诗经》一般"美刺风戒"，只有这样才能"有裨于世教"，而一味"以哦风月、弄花鸟为能事"，则"诗之道无有能知者矣"。于是乎，元代诗坛领袖、一生以诗文为艺、主张"尧舜与许由虽异，其得于自然一也"（《自然铭·序》）的杨维桢，在一些明人的眼中简直就成了"文妖"也：

天下所谓妖者，狐而已矣。俄而为女妇，而世之男子惑焉。则见其黛绿朱白，柔曼倾衍之容，无乎不至。虽然，以为人也则非人，以为妇女也则非妇女，而有室家之道焉。此狐之所以妖也。浙之西言文者必曰杨先生。予观其文，以淫词谲语裂仁义，反名实，浊乱先圣之道。顾乃柔曼倾衍，黛绿朱白，奄然以自媚。宜乎世之为男子者之惑之也。余故曰：会稽杨维桢之文，狐也，妖也。（明·王彝《王常宗集》）

王彝乃明初文人，将“杨维桢之文”喻为“狐也，妖也”，王氏之用语可谓辣且毒也，然而，王氏如此看待杨维桢之文，恰是彼时文风、诗风开始莫大转变的明确信号。只不过，此一莫大转变，也许超出了刘基、宋濂辈的事先预期也：

> 国初文体，承元末之陋，皆务奇博，其弊遂浸丛秽。圣祖思有以变之，凡擢用词臣，务令浑厚醇正。洪武二年三月戊申，上谓侍读学士詹同曰：“古人为文章，或以明道德，或以通当世之务，如典谟之言，明白易知，无深怪险僻之语，至如诸葛孔明《出师表》，亦何尝雕刻为文，而诚意溢出，至今使人诵之，自然忠义感激。近世文士，不究道德之本，不达当世之务，立辞虽艰深，而意实浅近，即使过于相如、杨雄，何裨实用？自今翰林为文，但取通道理、明世务者，毋事浮藻。”（明·黄佐《翰林记》）

细味朱元璋对詹同所言，朱元璋的“文学思想”可谓一目了然也：提倡文章写作“或以明道德，或以通当世之务”，亦即主张文章的道德化和政治化；反对“深怪险僻之语”，反对司马相如、杨雄一类的“浮藻”文章，亦即反对文章的艺术化和情感化。洪武十五年（公元1382年），朱元璋更为明确地宣称云：

> 虚词失实，浮文乱真，朕甚厌之。自今有以繁文出入人罪者，罪之。（《明太祖实录》卷一百四十九）

“繁文”当“罪之”，这可就大大出乎刘基辈的预料了。刘基谓朱元璋高调崇儒，故云为诗当如《诗经》一般“美刺风戒”，又谓“今天下不闻有禁言之律”云者，谬也。殊不知，朱元璋虽然极力推崇儒学，然对儒家主张的“美”、“刺”二字，却只选择前者而反对后者。何以见之？删节《孟子》、罢孟子配享之事，便足见朱元璋对儒家思想的选择态度：

> 帝（朱元璋）尝览《孟子》，至“草芥”、“寇仇”语，谓非臣子所宜言，议罢其配享。诏“有谏者，以大不敬论”。唐抗疏入谏曰：“臣为孟轲死，死有余荣。”时廷臣无不为唐危。帝鉴其诚恳，不之罪。孟子配享亦旋复。然卒命儒臣修《孟子节文》云。（《明史·列传第二十七》）

引文中之“唐”者，钱唐也，表字惟明，性情敦厚，学问广博，元朝末年，兵荒马乱，曾隐居于山林，明朝洪武元年（公元 1368 年），因对策适宜，被授予刑部尚书，时年五十有余。虽钱唐冒死“抗疏入谏”，孟老夫子“配享亦旋复”，然朱元璋“卒命儒臣修《孟子节文》”之举，亦足让时人及后人直有目瞪口呆之嫌也：

> 朱元璋专门成立以老儒刘三吾为首的审查委员会，对儒家经典孟子进行严格的政治审查，凡是不符合朱元璋专制统治的言论，凡是不符合实行思想专制的语录，一律进行删除。

《孟子·尽心篇》说“民为贵,社稷次之,君为轻”,审查者认为这宣传了民贵君轻的思想,与君主专制相抵触,故被删除。针对《孟子·离娄篇》的“桀纣之失天下也,失其民也,失其民也,失其心也”的语录,审查者认为把桀纣的灭亡归之为失去民心,这是替叛民说法,被删去。《孟子·万章篇》说“天视自我民视”、“天听自我民听”、“君有大过则谏,反复之而不听,则易位”,审查者认为这是对至高无上的君权的冒犯,是对君权的藐视,容许老百姓对君主的批评,这为君权至上所不容。“闻诛一夫纣矣,未闻弑君也”一类弑君的话出现在《孟子》一书,也为审查者删节。对《孟子·梁惠王》的“国人皆曰贤,国人皆曰可杀”一章,“时日曷丧,予及汝偕亡”之话,更是为审查者所不容而被删除。总之,被删除的八十五条中,都是涉及到要求君主自律,涉及到下犯上的条文。凡被删除的条文,规定“课士不以命题,科举不以取士”,否则,要从政治上予以重处……似朱元璋对《孟子》如此碎割与“凌迟”,在历史上除秦始皇“焚书坑儒”外,无有二者。(陈谷嘉《朱元璋与明初理学》刊于《井冈山大学学报》2012年第2期)

将朱元璋“凌迟”《孟子》一书,与当年秦始皇“焚书坑儒”相提并论,也许并非十分精当,然朱元璋大肆宣扬、推崇儒学的真实面目却已然暴露无遗也。朱元璋并非真的要将传统儒学发扬光大,他只是选择儒学中有利于君主专制和思想专制的那一部分加以宣扬和鼓吹,“被删除的八十五条中,都是涉及到要求君主自律，涉及到下犯上的条文”。以此合理类推，在朱元璋眼中，在文学创作之中，在诗文写作之时，亦应符合“有利于君主专制和思想专制”这一标准也。换言之，在朱元璋看来，大明帝国的诗文创作只应该有一个共同的主题，那就是“歌功颂德”或“粉饰太平”四字，除此之外皆不能容忍，皆当“罪之”。是故主张“尧舜与许由虽异，其得于自然一也”的杨维桢就只能被视为“文妖”，包括杨维桢在内的、游荡在“山林”间的“吴诗派”诸人亦就只能灰飞烟灭也。此乃朱元璋“处心积虑”为之也：掌控和禁锢天下文人思想，实行君主专制和思想专制。如此一来，明初诗风焉能不大变耶？举一实例说明之。时有江西文人萧猕殿者，诗赋《指佞草》云曰：

昔在尧阶指佞奸
奸臣一见慑心肝
只今圣代多赞辅
尽日阶前翠色间

萧氏所云，胡乱拼凑，满篇脂粉，情意绝无，岂能为诗乎？然朱元璋见之，大加赞赏，当即下诏除授萧猕殿为苏州府同知。圣意如此昭昭，文人敢不趋之如骛也？既如此，明初诗坛情状亦约略可知也。

朱元璋的处心积虑还不仅于此。朱元璋不仅要在思想和精神上给文人学士套上一圈难以开解的紧箍咒，且更要在肉体上将天下文人死死地捏攥在自己的手掌之中，供其肆意玩弄。其曾有诏云：

> 率土之滨，莫非王臣。寰中士大夫不为君用，是自外其教者，诛其身而没其家，不为之过。（《大诰二编》）

这就是著名的所谓“寰中士大夫不为君用”罪。朱元璋以法律的手段彻底否定了文人的精神自由和人格追求，明初知识分子连躲藏在山野之中这最后一点自我的空间也被朱元璋无情地剥夺了。知识分子在这种高压控制下，再也没有了自己的独立意识，惟余一点俯首帖耳的奴性，全然沦落为朱元璋的政治工具也。于是，东汉著名隐士、曾助光武帝刘秀夺得天下然后功成身退、千余年间备受后世君王与士人推崇、被北宋政治家范仲淹赞誉为“云山苍苍，江水泱泱。先生之风，山高水长”（《严先生祠堂记》）的严光（字子陵），到了朱元璋的眼里，则简直成为了十恶不赦的罪人也：

> 昔汉之严光，当国家中兴之初，民生凋敝，人才寡少，为君者虑德薄才疏，致生民之受患，礼贤之心甚切，是致严光、周党于朝，何其至而大礼茫无所知，故纵之飘然而往。却乃栖岩滨水，以为自乐。吁当时举者果何人欤？以斯人闻上，及至不仕，而往古今以为奇哉，在朕则不然。假使赤眉、王郎、刘盆子等辈混淆未定之时，则光钓于何处？当时挈家草莽，求食顾命之不暇，安得优游乐钓？今之所以乐钓者，君恩

也。假使当时聘于朝，拒命而弗仕，去此而终无人用，天子才疏而德薄，民受其害，天下荒荒，若果如是，乐钓欤？优游欤？朕观当时之罪人，罪人大者莫过严光、周党之徒。不止忘恩，终无补报，可不恨欤？（《明太祖文集·严光论》）

引文中之周党为彼时另一位高士，刘秀创立东汉后获悉周党德才兼备，欲召他为议郎，周党称病不仕。后来，周党与妻儿迁往渑池避居，再次受到刘秀的邀请，不得已，他只好随使臣到京城去，去时身穿粗陋的短布衣，头上缠着树皮做的巾帕，一副山野村夫的打扮。在大殿上见到刘秀之后，周党只是屈身伏在地上，而不行君臣之礼，并且一再表示自己不愿做官的决心。刘秀非但没有兴师问罪，反而对周党的志不同道表示理解。见周党衣着寒酸，刘秀还特意赐给他不少的丝绸，让他返回故里。从此，周党就一直在渑池隐居直到寿终正寝耳。这一段过往，本是君主与文士间的一段传世佳话，然在朱元璋看来，“当时之罪人”，“大者莫过严光、周党之徒”，而光复汉室的刘秀亦不过为“才疏而德薄”之人也。很明显，朱元璋之意，“寰中士大夫”都理应皆“为君用”，反之，则“诛其身而没其家，不为之过”。

朱元璋连彼时严光、周党辈都不愿轻易放过，则当时文人士子若想步严光、周党之山林后尘，自然难上加难矣：

秦裕伯，字景容，大名人，仕元至福建行省郎中，元末世乱，避地居松江之上海。吴元年（公元 1367 年），朱元璋命中书省檄下松江起之,裕伯对使者曰:“受元禄二十余年,背之,不忠也;母丧未终,亡哀而出,不孝也。”乃上书中书省固辞,洪武元年,复檄起之,称疾不出。上乃手书谕之曰:“海滨之民好斗,裕伯智谋之士而居此地,苟坚守不起,恐有后悔。”裕伯拜书入朝。

陶凯,字中立,临海人,领至正乡荐除永丰教谕,不就。朱元璋屡征不应。“上求之心切,谕使人曰:‘陶凯不应,可取一族人首级来。’族人四远求凯,见上。”(贾继用《朱元璋的待士与洪武年间的文人政策》刊于《菏泽学院学报》2010 年第 6 期)

秦裕伯乃北宋著名词人秦观之八世孙,这里且搁下不论,那陶凯可是力助朱元璋夺取天下的有功之臣也。想当年,朱元璋曾慕名拜访声名远播的陶凯,与论进取之策,陶凯建议朱元璋先取元地,然后与群雄争胜,朱元璋然之,竟取天下为己有。然陶凯一生只求学名不求官名,本不愿出仕,朱元璋竟以“陶凯不应,可取一族人首级来”相威胁。陶凯遭遇如此,遑论他人哉?以至于,时平遥训导叶伯巨曾冒死上疏云:

古之为士者,以登仕为荣,以罢职为辱。今之为士者,以溷迹无闻为福,以受玷不录为幸,以屯田工役为必获之罪,以鞭笞捶楚为寻常之辱。其始也,朝廷取天下之士,网罗捃摭,务无余逸。有司敦迫上道,如捕重囚。比到京师,而除官多以貌选。所学或非其所用，所用或非其所学。洎乎居官，一有差跌，苟免诛戮，则必在屯田工役之科。率是为常，不少顾惜，此岂陛下所乐为哉？（清·张廷玉《明史》）

叶伯巨"冒死上疏"，亦果如所愿，终因此疏而身死狱中，然其所言却是彼时实情实况。时"今之为士者"，虽"以受玷不录为幸"，而"有司敦迫上道，如捕重囚"也，谁也甭想逃脱朱元璋的手掌心。然"士者""洎乎居官"之后，"一有差跌，苟免诛戮，则必在屯田工役之科"，且"率是为常"，"陛下所乐为"也：

仕鲁性刚介，由儒术起，方欲推明朱氏学，以辟佛自任。及言不见用，遽请于帝前，曰："陛下深溺其教，无惑乎臣言之不入也！还陛下笏，乞赐骸骨归田里。"遂置笏于地。帝大怒，命武士捽搏之，立死阶下。

陈汶辉，字耿光，诏安人。以荐授礼科给事中，累官至大理寺少卿。数言得失，皆切直。最后忤旨，惧罪，投金水桥下死。（《明史·卷一百三十九·列传第二十七》）

仕鲁者，李仕鲁也，因满腹儒学经纶，除黄州同知于先，拜大理寺卿于后，然只因朱元璋"以辟佛自任"，"遽请于帝前"，"乞赐骸骨归田里"，请求辞归，竟被朱元璋"命武士捽搏之"，当场掼死于阶下，岂不哀哉？那陈汶辉因"惧罪，投金水桥下死"，并非主动辞归，故下场比之李仕鲁略强也。上述所及陶凯者，为使全族免于满门抄斩，被迫出仕之后，曾官至礼部尚书，奉旨修《元史》，纂编《大明集礼》，又做了楚王朱桢的老师，还荣获朱元璋所赠“丹书铁卷”（即俗云之“免死牌”），确乎博得了朱元璋的莫大信任，然时过境迁，年迈致仕之后，却依然被朱元璋找茬处死，其学生楚王朱桢痛其师之不白之冤，自投于金水桥下。

亦有坚辞不肯应诏为宦者，其结果自然可想而知也：

> 贵溪儒士夏伯启叔侄，斩断手指，立誓不做官，被逮捕到京师。元璋问他们：“昔世乱居何处？”回答说；“红寇乱时，避居于福建、江西两界间。”元璋大怒：“朕知伯启心怀忿怒，将以为朕取天下非其道也。”特谓伯启曰：“尔伯启言红寇乱时，意有他忿。今去指不为朕用，宜枭令籍没其家，以绝狂愚夫仿效之风。”特派人把他们押回原籍处死。苏州人姚润、王谟也拒绝做新朝的官，都被处死刑，全家籍没。（吴晗《朱元璋传》百花文艺出版社 2000 年 8 月版）

只有极个别文士由于种种原因十分幸运地获得了朱元璋的格外“开恩”：

> 庐陵张昱在杨完者镇浙江时，做过左右司员外郎行枢密院判官，张士诚要他做官，辞谢不肯。朱元璋要他出来，一看太老了，说：“可闲矣。”放回去，自号为“可闲老人”。小心怕事，绝口不谈时政，有一首诗说明他的处境：

洪武初年自日边
诏许还家老贫贱
池馆尽付当时人
惟存笔砚伴闲身
刘伶斗内葡萄酒
西子湖头杨柳春
见人斲轮只袖手
听人谈天只箝口（吴晗《朱元璋传》百花文艺出版社 2000 年 8 月版）

上引小诗出自张昱所著《可闲老人集》。张昱之所以能够在朱元璋的无限淫威之下意外地捡得了一条老命，无他，惟“太老”耳。然“见人斲轮只袖手，听人谈天只箝口”二句，却亦足见老张昱苟活于世之谨小慎微、战战兢兢之情形也。呜呼！朱元璋于文人暴政如此，彼时文人出世既不能，入世亦不可，甚至连退休之后亦不得安生苟活，文人境遇似这般凄楚而悲凉，若推衍至明初诗坛，诗坛又将如何也？

嗟夫！朱元璋之处心积虑绝不止于此也。更有甚者，朱元璋平地铸造了一座空前甚或绝后的“文字之狱”。后人每论明初文字之狱，多本于清人赵翼《廿二史札记》中所云“明祖通文义，固属天纵。然其初学问未深，往往以文字疑误杀人，亦已不少”。虽赵翼在《札记》中所引文字狱诸多实例未必都与史实相符，然明初文

字狱盛行之实及惨烈之状亦确属古今罕见焉。吴晗先生于此所述甚详,虽所述文字较多,然亦确有必要照录如次:

文字狱的著名例子,如浙江府学教授林元亮替海门卫官作《谢增俸表》,中有“作则垂宪”一句话;北平府学训导赵伯宁为都司作《贺万寿表》,中有“垂子孙而作则”一语;福州府学训导林伯璟为按察使撰《贺冬至表》的“仪则天下”;桂林府学训导蒋质为布按二使作《正旦贺表》的“建中作则”;澧州学正孟清为本府作《贺冬至表》的“圣德作则”,元璋把所有的“则”都念成“贼”。常州府学训导蒋镇为本府作《正旦贺表》,内有“睿性生知”,“生”字被读作“僧”;怀庆府学训导吕睿为本府作《谢赐马表》,有“遥瞻帝扉”,“帝扉”被读成“帝非”;祥符县学教谕贾翥为本县作《正旦贺表》的“取法象魏”,“取法”被读作“去发”;亳州训导林云为本州作《谢东宫赐宴笺》,有“式君父以班爵禄”一语,“式君父”被念成“失君父”,说是咒诅;尉氏县教谕许元为本府作《万寿贺表》,有“体干法坤,藻饰太平”八字,就更严重了,“法坤”是“发髡”,“藻饰太平”是“早失太平”;德安府训导吴宪为本府作《贺立太孙表》,中有“天下有道,望拜青门”两句,“有道”说是“有盗”,“青门”当然是和尚庙了。下令把作表笺的人一概处死。甚至陈州州学训导为本州作《贺万寿表》的“寿域千秋”,念不出花样来,还是被杀。

象山县教谕蒋景高以表笺误被逮赴京师斩于市。杭州府学教授徐一夔《贺表》有“光天之下，天生圣人，为世作则。”元璋读了大怒说：“生者僧也，骂我当过和尚。光是剃发，说我是秃子。则音近贼，骂我做过贼。”把礼部官吓得要死，求皇帝降一道表式，使臣民有所遵守。洪武二十九年特命翰林院学士刘三吾和左春坊、右赞善王俊华撰庆贺谢恩表式，颁布天下诸司，以后凡遇庆贺谢恩，如式录进。照规定表式钞录，只填官衔姓名，文人的性命才算有了保障。

文字狱的时间从洪武十七年到二十九年，前后达十三年。惟一幸免的文人是翰林院编修张某，此人在翰林院时说话出了毛病，被贬做山西蒲州学正。照例作庆贺表，元璋记得他名字，看表文里有“天下有道”“万寿无疆”两句话，发怒说：“这老儿还骂我是强盗呢！”差人逮来当面审讯，说：“把你送法司，更有何话可说？”张某说：“只有一句话，说了再死也不迟。陛下不是说过，表文不许杜撰，都要出自经典，有根有据的话吗？‘天下有道’是孔子说的，‘万寿无疆’出自《诗经》，说臣诽谤，不过如此。”元璋被顶住了，无语可说，想了半天，才说：“这老儿还这般嘴强，放掉罢。”左右侍臣私下议论：“几年来才见容了这一个人！”

苏州知府魏观把知府衙门修在张士诚的宫殿遗址上，犯了忌讳，被人告发。元璋查看新房子的《上梁文》有“龙蟠虎踞”四字，大怒，把魏观腰斩。佥事陈养浩作诗：“城南有嫠妇，夜夜哭征夫。”元璋恨他动摇士气，取到湖广，投在水里淹死。翰林院编修高启作《题宫女图》诗：“小犬隔花空吠影，夜深宫禁有谁来?”元璋以为是讽刺他的,记在心里。高启退休后住在苏州,魏观案发,元璋知道《上梁文》又是高启的手笔,旧恨新罪一并算,把高启腰斩。有一个和尚叫来复,讨好皇帝,作了一首谢恩诗,有“金盘苏合来殊域”和“自惭无德颂陶唐”两句,元璋大为生气,以为“殊字”分为歹朱,明明是骂我。又说“无德颂陶唐”,是说我无德,虽欲以陶唐颂我而不能,又把这乱巴结的和尚斩首。

地方官就本身职务,有所建议,一字之嫌,也会送命。卢熊做兖州知州,上奏本说州印“兖”字误类“衮”字,请求改正。元璋极不高兴,说:“秀才无理,便道我兖哩!”原来又把字“衮”作“滚”字了。不久,卢熊便以党案被杀。

从个人的禁忌进一步便发展为广义的禁忌了。洪武三年禁止小民取名用天、国、君,臣、圣、神、尧、舜、禹、汤、文,武、周、秦、汉、晋等字。二十六年出榜文禁止百姓取名太祖、圣孙、龙孙、黄孙、王孙、太叔、太兄、太弟、太师、太傅、太保、大夫、待诏、博士、太医、太监、大官、郎中字样,并禁止民间久已习惯的称呼,如医生只许称医士、医人、医者,不许称太医、大夫、郎中,梳头人只许称梳篦人或称整容,不许称待诏,官员之家火者,只许称阍者,不许称太监,违者都处重刑。

其他地主文人被杀的,如处州教授苏伯衡以表笺论死;太常卿张羽坐事投江死;江南左布政使徐贲下狱死;苏州经历孙蕡曾为蓝玉题画,泰安州知州王蒙尝谒胡惟庸,在胡家看画,王行曾作过蓝玉家馆客,都以党案被杀;郭奎曾参朱文正军事，文正被杀，奎也论死；王彝坐魏观案死；同修《元史》的山东副使张孟兼、博野知县傅恕、福建佥事谢肃都坐事死；曾在何真幕府的赵介，死在被逮途中，曾在张士诚处做客，打算投奔扩廓帖木儿的戴良，得罪自杀。不死的，如曾修《元史》的张宣，谪徙濠州；杨基罚做苦工；乌斯道谪役定远；顾德辉父子在张士诚亡后，并徙濠梁，都算是十分侥幸的了。

明初的著名诗人"吴中四杰"：高启、杨基、张羽、徐贲，都曾和张士诚来往，杨基、徐贲还做过张士诚的官，四人先后被杀、谪徙，看来不是巧合，而是有意识的打击。只有临海陈基是例外，陈基曾参张士诚军事，明初被召修《元史》，洪武三年卒。他在张士诚幕府时，所起草的书檄骂朱元璋的很多，不是死得早，他也是免不了的。

朱元璋用严刑重罚，杀了十几万人，杀的人主要的是国公、列侯、大将；宰相、都院大臣漕司官吏，州县胥役，进士、监生、经生、儒士、文人、学者；僧、道；富人、地主等等，总之，都是封建统治阶级内部的成员，他心目中的敌人。他用流血手段进行长期的内部清洗工作，贯彻了"以猛治国"的方针，巩固了朱家皇朝的统治。（吴晗《朱元璋传》百花文艺出版社2000年8月版）

朱元璋"用流血手段进行长期的内部清洗工作，贯彻了'以猛治国'的方针"，"用严刑重罚，杀了十几万人"，天下文士遂被屠戮殆尽也。以至于，在民间流行起一个生动的传说来，说是有那么一天，朱元璋出宫微服私访，走进一座破庙，庙里空无一人，只墙壁之上画着布袋和尚的人像，人像旁边写有小诗一首，诗云："大千世界浩茫茫，收拾都将一袋装。毕竟有收还有放，放宽些子又何妨。"朱元璋情知小诗寓意，勃然大怒，觑见诗画墨迹尚新，即令随从搜捕作画题诗之人，然无果而终。（明·徐祯卿《翦胜野闻》）既是"野闻"，自然不足全信，然徐祯卿乃明代"江南四大才子"之一，被誉为"吴中诗冠"，既然录兹"野闻"，亦足见明代文士对朱元璋大兴文字狱、滥杀无辜者之严重不满也。又何况，朱元璋滥杀无辜之"严刑重罚"，确已达到了亘古未有、骇人听闻的地步：

> 洪武三十一年间，朱元璋酷刑诛戮，擅杀无度，"以区区小故，纵无穷之诛"者，往往而见。仅见于《大诰》中的刑罚就有族诛、凌迟、极刑、枭令、斩、死罪、墨面纹身、挑筋去指、去膝盖、剁指、断手、刖足、阉割为奴等三十余种，各种典籍记载当时刑罚之酷烈，尚不止此，足以令人触目惊心。如"铲头会"，据明李默《孤树裒谈》载："高皇帝恶顽民流窜避淄流，聚犯者数十人，掘坑埋其人，十五并列，特露其顶，用大斧削之。一颗去数颗头。"又有"剥皮实草"："明祖严于吏治，凡守令贪酷者，许民赴京陈诉，赃至六十两以上者，枭首示众，仍剥皮实草，府州县卫之左，特立一庙以祀土地，为剥皮之场，名曰皮场庙，官府公座旁各悬一剥皮实草之袋，使之触目惊心。"此外若刷洗、抽肠、秤杆之残忍，盖史所罕见。所以邓

嗣禹在《明大诰与明初之政治社会》中说，明祖用刑之酷，“在中国史上也是数一数二的人物”。（贾继用《朱元璋的待士与洪武年间的文人政策》刊于《菏泽学院学报》2010 年第 6 期）

且不论朱元璋于《大诰》中所列刑罚之初衷和动机如何，仅其“用刑之酷”，亦足以令天下文士闻风丧胆也。“丧胆”之下，文人又何以为诗乎？亦难怪郑振铎先生不无悲愤地言道：

流氓皇帝朱元璋对待文人们，复极尽残酷，无复人性。这也是文士们所痛心疾首的……朱元璋一手摧残了明初的文坛。王冕、倪瓒、戴良、杨维桢诸大家，无不直接或间接死在他手里。少年诗人高启的死，尤为残酷。刘基为他迫逼出山，非其本愿；打平了天下之后，仍不免于一死。袁凯以病自苦，仅而得免。我们读这段诗史，其不愉快实不下于元初蒙古族的入主中原的一段。（郑振铎《插图本中国文学史》）

郑先生冠以朱元璋“流氓”二字及“我们读这段诗史，其不愉快实不下于元初蒙古族的入主中原的一段”之语是否公允、妥贴，姑且不论，就郑先生本意而言，明初文坛（当然主要指的是明初诗坛，于“这段诗史”语可见）之所以凋敝不堪，实乃“朱元璋一手摧残”所致也。郑先生此论，虽不敢绝对视为的论，然亦实在有理有据也。而实际上，朱元璋所开创的文字之狱，不仅在其洪武年间盛行一时，其后代亦多有继承也。若纵观有明一朝，文字之狱实一直延续不断耳。

明成祖朱棣显然全面继承了乃父文字狱之暴政行为，杀了方孝孺之后，着即下令"藏方孝孺诗文者，罪至死"，方孝孺的门人不得已，将方的诗文改名为《侯城集》方才得以行于后世。永乐三年（公元 1405 年）十一月，庶吉士章朴家藏方孝孺诗文，旋被斩。不仅方孝孺诗文本身犯禁，其他跟方孝孺有关的文字也犯禁，如方孝孺老师宋濂的诗集中有"送方生还宁海"句，全部被删节涂墨。还有练子宁的《金川玉屑集》也在查禁之列（练子宁，名安，洪武十八年即公元 1385 年以贡士廷试对策，擢为榜眼，朱允炆建文年间改任吏部侍郎，建文四年即公元 1402 年，燕王朱棣攻破南京，遂将练子宁绑缚上朝，练子宁大义凛然，痛斥朱棣篡权谋位，大逆不道。朱棣恼羞成怒，命人将练子宁的舌头割去。朱棣云："吾欲效周公辅成王耳。"子宁闻言，用手伸进口里蘸着舌血在殿砖上大书四字曰："成王安在！"朱棣大怒，命磔尸，并诛杀练氏族人 151 人，放其戍边亲属 371 人，练子宁之家乡金川龙镇东坊四图练家村四百八十户人家惨遭横祸，无一幸免，仅其幼孙练珍被侍婢救出藏匿于民间，方幸免于难）。凡为建文帝殉难诸臣之诗文一律禁止发行，且一切有关建文帝的文字都不许露面。朱棣还鼓励告密，如永乐九年（公元 1411 年），黄岩县告发有人持建文时士人包彝古所进楚王书，遂下法司严惩。（清·夏燮《明通鉴》卷十四、卷十六）不止如此，除了跟建文帝朱允炆有关的诗文一律禁止之外，朱棣还下令禁烧了一大批戏曲著作，如永乐元年（公元 1403 年）七月，刑科给事中曹润上奏社会上有亵渎帝王的杂剧流行，朱棣遂下令五日内统统烧毁，并宣言“敢有收藏者，诛没全家”。（明·顾起元《客座赘语·国初榜文》）彼时，甚至还有因出题获罪的，永乐七年（公元 1409 年），翰林侍讲邹缉、左春坊左司直郎徐善述，被御史弹劾出试题跑偏，邹缉等被朱棣下狱。（明·王世贞《弇山堂别集·科试考》）亦有因进书而获罪的，永乐二年（公元 1404 年），饶州士人朱季友献书，朱棣看后大怒曰：“此儒之贼也。”将其打了一通板子，其家中藏书全部被焚。（明·杨士奇《三朝圣谕录》）

明英宗朱祁镇正统十四年（公元 1449 年），都御史张楷除夕作诗，中有“静夜深山动鼓鼙，斯民何苦际斯时”、“庭院不须烧爆竹，四山峰火照人红”、“乱离何处览屠苏，浊酒三杯也胜无”等句，一时流传于京城，人多传诵之，礼科给事中王诏上书弹劾曰：“迹其为诗如此，则其存心可知，宜正其罪，以警将来。”张楷终坐罪免职。（《明英宗实录》）

明代宗朱祁钰景泰七年（公元 1456 年），太常寺少卿兼翰林侍读刘俨、左春坊左中允兼翰林编修黄谏，共同主持顺天府试，因出试题犯宣宗讳，为给事中张宁等弹劾。（明·王世贞《弇山堂别集·科试考》）

明宪宗朱见深成化二年（公元 1466 年）五月，无锡处士陈公懋删改朱子四书集注进呈，朱见深怒，命毁之，并将其交有司治罪。（明·劳堪《皇明宪章类编》）

明武宗朱厚照正德九年（公元 1514 年），时浙江按察司佥事韩邦奇亲见当地镇守宦官王堂等四处搜刮民财，强征富春江的鱼产、富阳一带的茶叶，遂愤而作民歌《富春谣》曰：“富阳江之富，富阳江之茶,鱼肥卖我子,茶香破我家。采茶妇,捕鱼夫,官府拷掠无完肤。富阳山,何日摧,富阳江,何日枯!山摧茶亦死,江枯鱼始无。呜呼!山难摧,江难枯,我民不可苏!”宦官王堂等即指控韩邦奇作歌怨谤朝廷。朱厚照怒甚,将其下诏入狱,虽朝臣群起上书营救,其终亦罢黜为民。(《明史·韩邦奇传》)

明世宗朱厚熜时,河南巡抚胡赞宗因为写迎驾诗中“穆王八骏”语为诽谤,被革职,杖四十。(《明史·刘刃传》)南京工部尚书吴廷举因为引用白居易、张永诗句“朝廷雇我做闲臣”、“江南闲煞老尚书”等,惹朱厚熜大怒,将其革职。(《明史·吴廷举传》)嘉靖十六年(公元 1537 年),应天府试,考生答卷多讥讽时事,考官评语失书名。朱厚熜大怒,将考官江汝璧、欧阳衢下诏狱,罢黜为民,府尹孙懋下南京法司。(《明史·吴悌传》)朱厚熜严禁士子敢有肆为怪诞,凡不尊旧制者,一律罢黜。广东所进试录文体有错,帝、圣字样不行抬头,学正王本才、布政使陆杰、按察使蒋淦等,下法司逮问。(明·王世贞《弇山堂别集·科试考》)山东所进乡试小录有防虏御边内容,朱厚熜认为内含讥讽,将考官教授周矿、李弘等多人廷杖八十,罢黜为民,其中监临官御史叶经当场死于杖下。(明·王世贞《弇山堂别集·科试考》)吏部尚书李默因部试出题有“汉武征西域而海内虚耗,唐宪复淮蔡而晚业不终”等语,严嵩等诬奏其有意诽谤朝廷,朱厚熜大怒,将其下锦衣卫镇抚司拷问,李默终死于狱中。(明·王士骐《皇明驭倭录》)嘉靖三十三年(公元 1554 年)正月,六科给事中、张思静各杖四十,原因是元旦贺表中“万寿字”未抬。(《明通鉴》卷六十)颜钧,明代进步思想家，受业于王守仁，朱厚熜认为他的思想诡怪狂妄，遂下南京狱，几乎被杀，多亏门徒罗汝芳“破产救之”，卒被充军。梁汝元亦为明代进步思想家，受业于山农，曾在家族内试行一种空想社会主义，影响颇大，四方之士纷纷效仿，最后被下令逮捕，死于狱中。（《明儒学案卷三十二·泰州学案》）

明神宗朱翊钧时，著名进步思想家李贽，对儒学思想进行了犀利的抨击，在其著作《藏书》《焚书》中抨击孔子，流传极广，得到很多人的支持和欢迎，万历三十年（公元1602年），礼科给事中张问达上奏，对李贽进行诬蔑，将其下狱，终自刎于狱中，年76岁。其书多次被焚毁，天启五年（公元1625年）再毁，然至今通行不衰。（《明神宗实录》卷369）万历七年（公元1579年），右春坊、右中允兼翰林编修高启愚主持应天乡试，曾出题“舜亦以命禹”，万历十二年（公元1584年），御史丁此吕弹劾其意在阿附已故宰相张居正，是劝进张居正当皇帝，大不敬，高启愚于是被削职遣回原籍。（明·王世贞《弇山堂别集·科试考》）

明熹宗朱由校时，魏忠贤擅权一时，时刑部主事欧阳晖赋诗有“阴霾国事非”句，扬州知府刘铎书之以扇，赠一僧人，“恶铎者谮之魏忠贤，晖、铎俱被逮”。（《明史·列传第一百五十八》）

上引种种，不胜枚举。由此当不难看出，明朝之文字狱，并非只盛行于明初，实整个明代亦一以贯之也。或以为，清代文字狱不亦甚乎？笔者无须赘述，且看下面两段文字云尔：

首先，文字狱在康、雍两朝只是偶尔发生，在乾隆朝多一些,但多半只是个案,并非由统治者策划组织、振臂号召,也未形成举国自纠及检举他人的大规模运动。其次,每案牵涉的人员是有限的,少则一人一户,多的也只牵涉数十人,涉及上百人的不多。比起明初朱元璋、朱棣屡兴大狱,动辄牵涉数万人,实在是小巫见大巫。再次,各案的最后处理也相对温和,杀人不多。例如康熙年间的戴名世《南山集》案,刑官一开始拟定了非常严厉的惩罚:戴名世凌迟处死,方孝标开棺戮尸,戴、方两家16岁以上男性处斩,16岁以下男性及所有女眷配功臣为奴,刻书的、作序的都处以绞刑,与戴名世关系密切的官员也都予以贬职,共涉及三百多人。然而康熙认为量刑过重,牵连过广,几次降旨宽减,最终只有戴名世被斩,戴、方两家家属被流放黑龙江,刻书的、作序的被编入旗籍为奴而已。其中为《南山集》作序的文士方苞(他是有名的"桐城派"的开山人),因才华高、名气大,事后被康熙召入宫中,"白衣入值南书房",辅导诸皇子读书。康熙爱惜人才,由此可见一斑。就是在公认文字狱最为严苛的乾隆时期,政治禁忌也未涉及戏曲、小说。如乾隆年间出版的通俗小说《说岳全传》,对金人极尽辱骂诋毁之能事(金人为女真族,是满人的祖先),这样的小说竟能在满人做皇帝的朝代公开出版而不加禁绝,可见清代文字狱的严酷程度是被后人夸大了。(侯会《清代的文字狱雷声大雨点小》刊于《百家讲坛》2011年第1期)

到嘉庆年间,封建政体虽一仍其旧,但内忧外患纷至沓来，封建国家的统治能力急剧下降，清帝虽有继续强化文化思想统治的愿望，也是捉襟见肘，力不从心，不得不将文化专制的大棒暂时放下。清嘉庆四年（公元1799年）二月，嘉庆帝在处死和珅、开始亲政之时，在论比照大逆缘坐人犯时说："即如从前徐述夔、王锡侯，皆因其著作狂悖，将家属子孙遂比照大逆缘坐定拟，殊不知文字诗句原可意为轩轾，况此等人犯，生长本朝，自其祖父高曾仰沐深仁厚泽已百数十余年，岂复系怀胜国？而挟仇抵隙者遂不免借词挟制，指摘疵瑕，是偶以笔墨之不检，至与叛逆同科，既开告讦之端，复失情法之当。"因而要求刑部加以改正。自此以后，清代再没有发生文字狱现象。（李绚丽《略论嘉庆朝文字与政策终止的文化意义》刊于《教育文化论坛》2013年第3期）

明、清两代文字狱略不可完全同日而语也。如果说，朱元璋兴起的文字狱曾经巨变了明初的诗坛，则整个明朝诗坛亦始终处于文字狱的笼罩之中也。在文字狱这般笼罩之下，明初诗坛成就会当如何也？整个明朝诗坛成就又会当何如也？郑振铎先生云"朱元璋一手摧残了明初的文坛"，其实朱元璋又何尝不是"一手摧残了"整个明朝的诗坛耶？朱元璋处心积虑欲全面控制士风和诗风则由此可见一斑也。

如果说，朱元璋大兴文字狱是其处心积虑的"负能量"，则朱元璋处心积虑之举还有其"正能量"的一面。"负能量"乃朱元璋欲令天下之文士不敢自由书写己见己情，而"正能量"则是朱元璋欲为天下文士之书写指引一条璀璨耀眼的“康庄大道”。“康庄大道”者何？乃朱元璋自己创作的诗歌也，尤其是朱元璋后期创作的诗歌。可以这么说，正是朱元璋的后期诗作，加之朱元璋的文化专制和思想专制，才“一手摧残了”明初乃至整个明朝的诗坛。

草根出身的朱元璋，除却为后人留下了绵延三百年之久的大明王朝，还为后人留下了超过百万字的各类著述。就现存诗歌而论，仅《明太祖文集》中所载朱元璋的诗歌便将近一百三十首，五古、七古、五律、七律、五绝、七绝之体无一阙如，还有一首五排和两首骚体诗，略可谓众体兼备也；郊庙歌辞、征战生涯、述志咏怀、赐赠唱和、写景咏物等内容无所不包，亦可谓题材广泛也。需要指出的是，朱元璋的诗歌创作明显地呈现出截然不同的阶段性现象，即朱元璋此一阶段所创作出的诗歌，与彼一阶段所创作出的诗歌，其达到的艺术高度和呈现出的艺术风格，几乎是泾渭分明。此“泾渭分明”实亦朱元璋处心积虑为之也。

上文有述，朱元璋十分勤政，几乎事必躬亲。大明王朝建立之后，朱元璋殚精竭虑制订了一大批法律法规，从国家大法《大明律》到家庭小法《皇明祖训》，从行政法规《诸司职掌》到民间法规《教民榜文》，从礼制、礼仪之法《洪武礼制》《孝慈录》《礼仪定式》到治贪、惩奸之法《御制大诰》《御制大诰续编》《御制大诰三编》，从特定之法《申戒公侯铁榜》到专门之规《授职到任须知》等等，不一而足，略可谓包罗万象、巨细无遗也。朱元璋煞费苦心地制定诸多法律法规，目的只有一个，就是务求在社会生活的方方面面都为后人树立一个楷模，以为朱明王朝万世墨守之法，以求国祚万代永固不变也。既如此,那“社会生活的方方面面”自然也应该包括文学创作方面在内。据此推定,朱元璋理应在诗歌创作方面也为时人和后人立下一个创作的模式以供效法,因为历朝历代,诗歌无疑都是最为正统、最为紧要的文学样式,朱元璋为人处事所虑深远,自然深谙个中道理。亦如宋濂所云:“(朱元璋)虽一豫一游,亦可为天下后世法。”(《阅江楼记》)“一豫一游”尚且如此,而况“最为正统、最为紧要”之诗歌乎?然而有点奇怪的是,朱元璋并未留下诗歌创作方面的任何律法规定,甚至亦未留下任何观点鲜明的诗歌理论(翻阅古籍,似乎只有《明史·列传第二十三》中载有朱元璋的一句有关诗歌评价的言论,乃其评价臣子范常为诗为人之语:“帝宴闲,辄命儒臣列坐,赋诗为乐。常每先成,语多率。帝笑曰:‘老范诗质朴,殊似其为人也。’”)。何也?原因只能是,朱元璋虽然没有留下诗歌创作方面的清规戒律,但却为时人及后人留下了许许多多的诗歌作品。从法律层面上来说,朱元璋的这些诗歌作品,尤其是后期的那些诗作,其实就是为时人和后人所规定的诗歌创作的范式和定律。

很有意思的是,朱元璋诗歌创作中“泾渭分明”的“阶段性现象”,与李贽《童心说》中所涉及到的“童心”丧失的几个阶段恰恰正相吻合。完全可以这么说,朱元璋诗歌创作的“阶段性”演变过程,就是对李贽“童心说”理论的先期具体实践。

李贽(1527—1602),回族,福建泉州府人,明代“泰州学派”的一代宗师,初姓林,名载贽,后改姓李,名贽,字宏甫,号卓吾,别号温陵居士、百泉居士等,嘉靖三十一年(公元1552年)举人,不应会试。历共城知县、国子监博士，万历中为姚安知府。旋弃官，寄寓黄安、麻城。在麻城讲学时，从者数千人，中杂妇女，晚年往来南北两京等地。上文有述，其万历三十年(公元1602年)遭诬，下狱，自刎死。

李贽一生著作颇丰，《童心说》是其经典篇章之一，篇中提出的"童心说"是其最为著名的文艺观点。此说影响巨大，在中国文学批评史上具有划时代的意义。"童心说"的基本观点是:"童心"是与生俱来的，是本有的，是创作"天下之至文"的内在基础，是一切文学作品的根本。"童心"者何?《童心说》有云:

> 夫童心者，真心也;若以童心为不可，是以真心为不可也。夫童心者，绝假纯真，最初一念之本心也。若夫失却童心，便失却真心;失却真心，便失却真人。人而非真，全不复有初矣。童子者，人之初也;童心者，心之初也。夫心之初，曷可失也?(《童心说》)

简言之，"童心"即人之"真心"和"本心"，此心未受社会习俗、社会意识的濡染，因而至真至纯。然李贽同时又指出，人之"童心"并不能永葆，终将一步一步"胡然(突然)而遽失也":

> 然童心胡然(突然)而遽失也。盖方其始也，有闻见从耳目而入，而以为主于其内，而童心失。其长也，有道理从闻见而入，而以为主于其内，而童心失。其久也，道理闻见，日以

> 益多，则所知所觉，日以益广，于是焉又知美名之可好也，而务欲以扬之，而童心失。知不美之名之可丑也，而务欲以掩之，而童心失。夫道理闻见，皆自多读书识义理而来也。

李贽以为，人之读书越多，“道理闻见”便越多，而道理闻见越多，人之“童心”便越少，久而久之，人之“童心”便逐渐丧失殆尽了。然需要强调的是，李贽并非一概反对“多读书”，他反对的是“多读书”而“障其童心矣”。《童心说》有云：

> 古之圣人，曷尝不读书哉。然纵不读书，童心固自在也；纵多读书，亦以护此童心而使之勿失焉耳，非若学者反以多读书识理而反障之也。夫学者既以多读书识义理障其童心矣，圣人又何用多著书立言，以障学人为耶？童心既障，于是发而为言语，则言语不由衷；见而为政事，则政事无根柢；著而为文辞，则文辞不能达。

在李贽看来，读书多少与“童心”是否丧失之间亦并无必然联系，关键在于读书之后“童心”是否依然“自在”。李贽认为，一旦“童心”被读书所障，“则政事无根柢……文辞不能达”。李贽是明朝后期具有资产阶级启蒙意识的思想家和文学家，其提出“童心说”的主要目的，乃是批驳自明初以来逐渐占据文艺思想统治地位的程朱理学，然而，若纵观明朝开国皇帝朱元璋平生诗歌创作的整个流程，便会发现这么一个有趣的现象：李贽所谓“童心说”的基本观点及“童心”逐渐丧失的过程，与朱元璋一生诗歌创作的轨迹，简直若合一契。

《童心说》中有关“童心”逐步丧失的过程大略可以分为三个阶段。其第一个阶段是：“盖方其始也，有闻见从耳目而入，而以为主于其内而童心失。”此语虽是“童心”逐渐丧失的一个阶段，但也并非断言在此阶段中人之“童心”必然会有所丧失。它至少含有两个层面的意思：一，人之读书起始，“有闻见从耳目而入”，人之“童心”便有可能会丧失；二，“从耳目而入”的“闻见”如果并未“以为主于其内”，则人之“童心”犹在，反之，则“童心”难免会有所丧失。此番情形与朱元璋诗歌创作的第一阶段情形基本一致。前文有述，参军前的朱元璋几乎目不识丁，与“多读书识义理”六字了无干涉。然也正因为如此，此时的朱元璋若想吟出技巧娴熟、兴味盎然的诗歌来，亦着实不易。何哉？缺少相应的“读书”储备也。正如钟嵘在《诗品》中所云：“学诗非博学莫办，博学须多读书，读书非为诗也，然为诗不可不读书，不读书则诗识不丰，诗情不高，诗味不永，诗识不厚，属辞不雅。”也就是说，虽然李贽以为“天下之至文，未有不出于童心焉者也”，但毋庸讳言，如若失却了“读书”的支撑，虽“童心”粲然，亦实难为文为诗也。是故朱元璋在参军前的诗歌作品现存寥寥，且粗糙率性，几可忽略不计。

朱元璋于濠州参军后始真正进入了其诗歌创作阶段。从参军后至南京登基前，是为朱元璋诗歌创作的第一个阶段。这期间，朱元璋开始与儒士及儒学耳濡目染了，尤其是二十八岁那年，朱元璋自和州渡江南进，下采石、取太平，终于在江南拥有了一块根据地之后，朱元璋和文人儒士的关系便越发紧密了。每下一处、每取一地，朱元璋都设法使当地饱学之士尽皆来其帐下听用，其读书积累日渐丰富。只不过，彼时的朱元璋，虽“有闻见从耳目而入”，但“本心”宛存、“童心”宛在，并未“以为主于其内而童心失”。“童心”既在，又有相应的“读书”作为支撑，故而朱元璋诗作中较为优秀的篇章大都写于这一阶段。如广为传颂的《咏菊》诗：

百花发时我不发
我若发时都吓杀
要与西风战一场
遍身穿就黄金甲

又如《早行》一诗：

忙着征衣快着鞭
回头月挂柳梢边
两三点露不成雨
七八个星犹在天
茅店鸡声人过语
竹篱犬吠客惊眠
等闲推出扶桑日
社稷山河在眼前

《咏菊》一诗显然脱胎于黄巢的《不第后赋菊》诗。黄巢诗云:“待到来年九月八,我花开后百花杀。冲天香阵透长安,满城尽戴黄金甲。”就文采而言,朱诗不如黄诗;然就豪气来说,黄诗则略逊朱诗。《早行》一诗,亦显然带有辛弃疾《西江月·夜行黄沙道中》一词的痕迹。辛弃疾词曰:“明月别枝惊鹊,清风半夜鸣蝉。稻花香里说丰年,听取蛙声一片。七八个星天外,两三点雨山前。旧时茅店社林边,路转溪桥忽见。”惟辛词清新婉约、朱诗豪气冲天罢了。而“豪气”(粗豪)二字,略可作为朱元璋这一时期诗歌风格的最大特点。再如《野卧》一诗云:

天为罗帐地为毡
日月星辰伴我眠
夜间不敢长伸脚
恐踏山河社稷穿

信手拈来,信口成章,真可谓“莫言马上得天下,自古英雄尽解诗”(唐·林宽诗句)了。显而易见,这一时期的朱元璋,虽然连连征战,却又几乎整日与文人儒士耳鬓厮磨,加之天资聪颖、勤奋努力,“读书”日多、积累日丰,“本心”既葆,“童心”未泯,其诗便自然日臻精致了。例如《赐都督佥事杨文广征南》一诗云:

大将南征胆气豪

腰悬秋水吕虔刀
马鸣甲胄乾坤肃
风动旌旗日月高
世上麒麟终有种
穴中蝼蚁更何逃
大标铜柱归来日
庭院春深庆百劳

该诗虽是赠别之作，但作者“豪气”昭然若揭。诗作对仗工稳、格律严整，且还不露痕迹地运用了典故，俨然诗人之诗也。恰如鲁迅所言：“诗不为诗人独有，凡一读其诗，心即会解者，即无不自有诗人之诗。”（《摩罗诗力说》）再看一首名为《咏雪竹》的小诗，诗云：

雪压枝头低
虽低不着泥
一朝红日出
依旧与天齐

“豪气”依旧，理趣天成。依笔者看来，该诗不仅是朱元璋诗作中的名篇，也应是中国诗歌史上的咏物佳作。或问：究竟是何种原因致使朱元璋这一时期的诗歌佳作频现也？无他，惟“纵多读书，亦以护此童心而使之勿失焉耳”，而非“多读书识义理障其童心"也。简言之,这一时期的朱元璋,"童心"自葆、"本心"未失,故而书读得越多,诗歌便写得越好。正如清代大学者刘熙载所言:"人尚本色,诗文书画亦莫不然。"(《游艺约言》)"本色"者何? 亦"童心"之谓也。从这个意义上来看,"童心"亦确然是创作"天下之至文"的内在基础,是一切文学作品的根本。

《童心说》有云:"其长也,有道理从闻见而入,而以为主于其内而童心失。"这便是"童心"逐渐丧失过程中的第二个阶段。此阶段与第一个阶段的涵义不尽相同。它亦大致包含两个层面的意思:一,读书日久,"有道理从闻见而入",人之"童心"必然会随着"道理"的侵入而有所丧失;二,"从闻见而入"的"道理"如果并未完全"以为主于其内",则人之"童心"虽然会有所丧失,亦自然会有所保存,反之,则"童心"全无。这种情形与朱元璋诗歌创作的第二阶段情形可谓高度吻合。先看一首名为《金鸡报晓》的小诗,诗云:

> 鸡叫一声撅一撅
> 鸡叫两声撅两撅
> 三声唤出扶桑日
> 扫尽残星与晓月

据载,该诗写于朱元璋登基称帝之日,朱元璋突然听到一声嘹亮的鸡鸣,以为祥瑞,一时诗兴大发,当即口占此诗,群臣听了第一句,觉得出语太俗,滑稽可笑,却又不敢笑出声,只好忍着往下听，听得了第二句，有大臣实在忍不住了，便扭过脸去掩口偷笑，然而，众大臣在听了最后两句之后，尽皆瞠目结舌、竞相叫好。或以为，此诗与据说是郑板桥写的一首《雪花》诗很相类。郑诗云："一片二片三四片，五六七八九十片，千片万片无数片，飞入芦花都不见。"殊不知，二者虽然同为雅俗诗，但旨趣却大不相同，郑诗充其量表现了一种机智而已，而朱诗却不仅机智，且"豪气"彰显，亦颇具唐人绝句中"起、承、转、合"之妙，同时，该诗也很能说明朱元璋在登基之初"本心"尚在、"童心"犹存之实。

朱元璋诗歌创作的第二个阶段，即为其于南京登基称帝之初。那个时候，大明帝国草创，天下尚未一统，四周战事频繁，君臣关系融洽。具体一点说，从登基称帝之后至大肆屠戮开国功臣及天下文人之前，当为朱元璋诗歌创作的第二个阶段。在这一个阶段中，朱元璋一边勤于国家大事一边依旧勤于读书，读书积累比之登基之前更加丰富。虽然，朱元璋并未完全"以为主于其内而童心失"，但"其长也，有道理从闻见而入"，其"童心"亦不免有所丢失。是故这一阶段朱元璋的诗歌创作，与第一个阶段的诗歌创作相比，无论是艺术风格还是艺术水准，都显有相类之处，亦显有相异之处。且以《咏虹霓》一诗为例：

谁把青红线两条
和云和雨系天腰
玉皇昨夜銮舆出
万里长空架玉桥

此诗乃是朱元璋某日微行于南京城内遇雨,雨霁彩虹突然惊现于眼前,朱元璋一时诗兴大发,当即口占前两句,然口占两句之后,却一时苦不得续,时旁有一士人从容应声续曰:“玉皇昨夜銮舆出,万里长空架玉桥。”朱元璋闻言大喜,着即下诏重用此士人。据明正德年间举人董谷所撰《碧里杂存》中载,此为朱元璋续诗士人即彭友信,攸县人,因岁贡入京,获此奇遇,一时荣光无比。设若稍加分析便不难看出,《咏虹霓》一诗至少说明了两点,一是诗歌总体格调依然“豪气”四射,二是士人彭友信所续、亦即博得朱元璋“大喜”的那两句诗,不免透露出些许“皇气”(皇家气派)来。要之,乃此时的朱元璋,尽管“童心”尚未“胡然而遽失也”,然毕竟“有道理从闻见而入”,原先丰满自葆的“童心”无疑受到了“道理”的巨大冲击而变得有些支离破碎也。此“道理”者何?“皇气”之莫大诱惑也。

与《咏虹霓》堪称有异曲同工之妙的还有一首名为《咏燕子矶》的小诗。朱元璋当皇帝之初,曾多次微服外出巡视。这一日,朱元璋微服巡视时在南京郊外偶遇参加进士考的一帮举子候船。此地景色十分壮观,万里长江波涛翻滚,雄伟钟山虎踞龙盘。不远处,燕子矶横亘在目,秀丽而又伟岸。有一举子看得兴起脱口吟道:“燕子矶兮一秤砣。”众举子一致称赞道:“起句气势磅礴,只此一句便足见兄台胸襟之博大!”朱元璋听了却不禁冷笑一声。一举人连忙上前诘问道:“先生何故发笑?”朱元璋从容回道:“起句气魄虽大,只恐难以为继耳。”果不其然,那举子吟完起句之后

良久无以为继,朱元璋见状大笑道:“待我试续一二。”于是《咏燕子矶》一诗便由此诞生了。诗曰:

燕子矶兮一秤砣
长虹作杆又如何
天边弯月是钩挂
称我江山有几多

该诗“豪气”依然,“皇气”亦依然。就朱元璋及其诗歌创作而言,“豪气”依然,说明“最初一念之本心”虽然有所丢失,但“童心”一时犹存余脉,并未丢失殆尽;而“皇气”依然,却又表明这一阶段的朱元璋,虽然读书、学识的积累远超战争年代,然已经开始步入“反以多读书识义理而反障之”之境地也。“反障之”者何?“童心”也。换言之,朱元璋的“童心”此时业已被“皇气”有所“障之”了。《童心说》有云:“童心既障,而以从外入者闻见道理为之心也。”《童心说》又云:“既以闻见道理为心矣,则所言者皆闻见道理之言,非童心自出之言也。”故而这一阶段的朱元璋虽然还能写出些许貌似战争年代那般的“豪气”之诗来,但这等“豪气”之诗的数量却一如他胸臆中的“童心”一般逐渐减少。清人张问陶在其《论诗十二绝句》中说得好:“名心退尽道心生,如梦如仙句偶成。天籁自鸣天趣足,好诗不过近人情。”“人情”者何?人性也,“真心”也,“本心”也,“童心”也。朱元璋此时“名心”渐生、“童心”渐少,好诗(“豪气”之诗)自然也就寥若晨星了。从这个意义上来看,“童心”亦确乎为创作“天下之至文”的内在基础,是一切文学作品的根本。

《童心说》有云:“其久也,道理闻见日以益多,则所知所觉日以益广,于是焉又知美名之可好也,而务欲以扬之而童心失。知不美之名之可丑也,而务欲以掩之而童心失。”此乃“童心”逐渐丧失过程中的第三个阶段。如果说,在“童心”逐步丧失过程的第一个阶段和第二个阶段中,“童心”的丧失与否还具有或然的因素,则在此阶段中,“童心”的丧失就是一种必然了。换言之,在李贽看来,人之读书越多,懂得的道理也就越多,因此也就“知美名之可好也”,也“知不美之名之可丑也”,遂“务欲以扬之”“好”,“务欲以掩之”“丑”,亦即自觉地把因读书而“日以益广”的“所知所觉”完全“以为主于其内”,“童心”至此便彻底丧失殆尽了。此番情形与朱元璋诗歌创作的第三阶段情形完全契合。先看一首小诗:

皇帝一十八年冬
百官筵宴正阳宫
大明日出照天下
五湖四海春融融

此诗本无题,出自明代学者皇甫录的《皇明纪略》,《纪略》有云:“高皇(朱元璋)将宴群臣,预题一诗,令武臣习之。至日,群臣应制作诗,而武臣特首倡云:‘皇帝一十八年冬……五湖四海春融融。'群臣知上意也,皆谢不能。"该诗貌似雍容平和、圆浑大度,实则皆为平庸之语,昔日那般干云"豪气"全然顿失,惟剩丝丝"皇气"耳,亦庶几毫无艺术水准可言矣。要之,乃四周干戈已然平息,大明江山已然稳固,朱元璋的读书积累越来越丰富耳。《明史》有云:"帝(朱元璋)天授智勇,统一方夏,纬武经文,为汉、唐、宋诸君所未及。"宋濂曾有云:"臣供奉词林,幸日侍几砚,仰瞻挥洒之际,思若渊泉,顷刻之间,烟云盈纸,有长江大河一泻万里之势。跪捧而观,殷羿周鼎,未足喻其古也,太山乔岳,未足喻其高也,风霆流行,未足喻其变化也。"(《恭题御制文集后》)朱元璋亦曾自诩云:"朕本田家子,未尝从师指授,然读书成文,释然开悟,岂非天生圣天子耶?"(明·徐祯卿《翦胜野闻》)只可惜,此时的朱元璋,虽然读书的积累越来越丰富,然"知美名之可好也",也"知不美之名之可丑"也。换言之,朱元璋"纵多读书……反以多读书识义理而反障之也"。"童心"既障,"真心"便不存,"本心"便不在,朱元璋便也只能如《童心说》中所云"以假人言假言,而事假事、文假文"矣。于是乎,为朱明王朝万世万代永固计,朱元璋"务欲以扬之""好","务欲以掩之""丑",一边夜以继日地发奋读书、一边迫不及待地对着开国功臣和天下文人举起了屠刀,其诗歌创作便亦在功臣和文人的鲜血中步入了第三个阶段。

朱元璋这一时期创作的诗歌数量最多,然半为赐赠唱和之作,就整体而言,风格最弱,水准最低,"豪气"不存,几剩"皇气"二字也。换言之,朱元璋后期的诗作一改前期诗作中的"粗豪"之风,变得雍容、讲求功利了。这里的所谓"雍容",并非什么诗歌艺术风格，而是要竭力泯灭诗歌创作中的个性，一味“中庸”平和；这里的所谓“功利”，亦并非抒发诗人自己的情志，而是要为大一统的朱明王朝服务，一概歌功颂德。一句话，在朱元璋看来，大明诗歌不应该抒发诗人内心的真情实感，而应该放弃对艺术的追求、对美的追求，应该变成与大明开国气象相契合的粉饰太平的工具。为达到这一目的，朱元璋身体力行、垂范作则。于是乎，大量雍雅、实用之作在朱元璋的后期诗作中接踵涌现。如《钟山云》一诗有曰：

踞蟠千古肇豪英
王气葱葱五色精
岩虎镇山风偃草
潭龙嘘气水明星
天开万载兴王处
地辟千秋永朕京
威以六朝兴替阅
前祯祯后后嘉祯

观该诗名目，当是一首写景抒情之诗，然卒读完毕，却有不忍卒读之慨，除却中间两联强行对仗之外，满纸“皇气”扑面而来，真不知该诗还有何处可观也。呜呼！这一时期的朱元璋，“读书”越来越多，“义理”亦越识越多，却“反以多读书识义理”“障其童心”，“童心”既尽丧，便也只能写出这般毫无风格、毫无水准可言的诗歌了。再如《春水满泗泽》一诗云：

阳舒阴畅泽盈流
不卜应当大有秋
春雨花红林木盛
晓晴岩紫气岚浮
江皋钓艇蓑翁乐
云谷山人鹤仗悠
麦已蟠科烟禁日
呢喃燕语祝皇猷。

春水四溢之景，本是自然之奇观和自然之美景，然朱元璋却从这一奇观美景之中味出了一种“皇猷”的威严，使得春水四溢变为“皇气”四溢也。又如《遣使为大祀牺牲北至齐鲁》一诗云：

钦天惟恐不精诚
命尔赍符驰驿行
淮海济州连地阔
江河徐邑旷川平
智人一目胸怀爽
霸业千年帝道兴
俗异语殊南北辨
由来混一大嘉祯

遣使送别，朱元璋居然也没有淡忘了对“霸业”和“皇气”的讴歌。此“皇气”者何？无虑酸儒之气、虚饰之气也，亦“假文”之谓也。再譬如，远山历历在目，然在朱元璋眼里，远山之景却是歌舞升平的象征：

云蔼远山风送雨
一帘高揭暑咸收
太平无事民康日
正在调和理顺秋(《目远山》)

而雨过天晴之后，朱元璋看到的却是一番朝野和谐的景象：

暑雨天晴江汉清
寰中击壤贺升平
群卿尽职人风古
省己修身合上明(《济时雨》)

阳春三月，莺啼恰恰，朱元璋听出的是“皇州繁盛”之音：

嫩柳莺啼三月天
园林簪绵绿阴鲜
乾坤气集皇州处

景盛人繁势自然(《莺啭皇州》其一)

祭祀天地,朱元璋自然更要赞颂"四海太平"的朱明盛世了:

晨驾旌旄列队行
龙旗遥映凤城明
护霜云外天颜碧
笼水烟边山色青。
新岁野郊春气霭
今朝村市晓晴生。
鞠躬稽首参天处
四海讴歌贺太平(《大祀》)

朱元璋后期诗作大略如此也。其"豪气"不再,"皇气"兴之;其"纯真"顿失,"假文"继之,朱元璋之为诗,前后变化亦大矣哉!何哉也?盖"童心"泯灭使之然也。龚自珍在《书汤海秋诗集后》中有云:"诗与人为一,人外无诗,诗外无人。"意谓有其人必有其诗,观其诗可观其人。或问:何得以"诗与人为一"乎?无他耳,惟永葆"童心""自在"也。《论语·子路》有云:"上好礼,则民莫敢不敬。上好义,则民莫敢不服。上好信,则民莫敢不用情。"《礼记·乐记》亦有云:"君好之,则臣为之。上行之,则民从之。"简言之,上行下效,君行臣效,亦刘勰所言"风动于上,而波震于下者也"。朱元璋后期诗作明明白白如此,便是为朝中臣子和天下文人树立了一种作诗的模样。所谓顺我者昌、逆我者亡。朝中臣子也好,天下文人也罢,欲苟全性命于朱明王朝,或三缄其口,或效仿朱元璋后期诗作的模样来作诗,二者必居其一。于是乎,明初诗风遽然大变也,终至变成了朱元璋所满心期待的与大明开国"兴盛"气象相契合的"雍雅实用"、粉饰太平的诗风了。例如邓雅《应制赋钟山云气迈寒诗》云:

华夷遵教化
臣子效精忠
三浩比漠典
万几思始终

邓雅(生卒年不详),字伯言,号玉笥,新淦(今江西新干)人,早年勤苦力学,以能诗知名乡里,元末隐居未仕。入明,其生活一如其旧。洪武十五年(公元1382年),邓雅以郡县举荐,朱元璋召其赴京朝见,命赋钟山诗,稿既呈,其中有一联,朱元璋大喜,以手拍案高诵之,邓雅以为怒,惊昏于墀下,左右扶出东华门始醒。上引邓诗,貌似雍雅无比,实则毫无美感可言,然却惹得"朱元璋大喜"。且不论邓雅之人也,就连为人一向"孤高耿介"的高启,也曾放弃过纯粹的诗歌审美追求,以迎合朱元璋的"审美"口味来作诗,如其《奉天殿进元史》一诗云:

诏预编摩辱主知

布衣亦得拜龙墀
书成一代存殷鉴
朝列千官备汉仪
漏尽秋城催仗早
烛明春殿卷帘迟
时清机务应多暇
阁下从容幸一披

该诗首联便称颂朱元璋之英明,而全诗更是尽皆颂圣迎合之意,只是诗人自己的真实情感却全然淹没于曲意粉饰之中了。这其中,以“江右诗派”的代表人物刘崧的人生遭遇最为典型。史载,刘崧“幼博学,天性廉慎”,一生仕途虽坎坷不平,但暮年之时却得到了朱元璋的格外垂青,“赐鞍马,令朝夕见,见辄燕语移时”,死后亦得到了“帝命有司治殡殓,亲为文祭之”(《明史·刘崧传》)的隆重待遇。与刘崧遭遇相近的还有萧执、陈观二人。或问:刘崧等人何以会得到朱元璋如此的青睐有加?一言以蔽之:刘崧等人入明后的诗风与朱元璋的后期诗作略同耳。以刘崧为例。元末乱世之时,刘崧曾如此写下自己对现实的感受:

兵乱连三载
年荒余几家
久闻人食草
仍报盗如麻

忧国愁心死
伤时泪眼斜
平田栖白骨
千里见飞鸦(《兵乱》)

该诗既有曹操《蒿里行》的凄凉,也有杜甫《春望》诗的悲怆,颇具现实主义精神。而入明之后,刘崧诗作、诗风骤变,变得不再关心现实,更无关民瘼,一味“以哦风月、弄花鸟为能事”,追求所谓“正平典雅”(《四库全书总目提要》评刘崧语)之风了。试以其两首名作说明之:

翠献千峰合
丹崖一径通
楼台上云气
草木动天风
野旷行人外
江平落雁中
伤心俯城郭
烟雨正冥蒙(《玉华山》)

乘凉步月过西邻
草露霏微湿葛巾
一径竹阴无犬吠

飞萤来往暗随人(《步月》)

诗中虽不见明显的阿谀奉迎之意,但其“正平典雅”的诗风却博得了朱元璋的认可与赞许,故而朱元璋曾钦赐其“学通古今”的书诰以示褒奖。一时间,以刘崧为代表的“江右诗派”声誉日隆,而刘崧亦俨然成为大明洪武年间诗坛的一面旗帜,迎风招展耳。

刘崧的幸运际遇无疑给了处于迷茫状态的明初诗坛及诗人以极大的启示。于是朱元璋极力倡导的“雍雅”诗风开始蔓延开来。从洪武朝中期始,关注民生、关心现实、直接表达真情实感的诗作日减,而“雍雅”和“实用”之作日增。而“日增”之中,吴伯宗堪称最具代表性的人物。

吴伯宗(1334—1384),名祐,以字行于世,明初金溪新田人,10岁即通举子学业,洪武三年(公元1370年)乡试中举,名列第一,为解元,洪武四年会试第一,廷试时,朱元璋亲制策问,点吴伯宗为状元(此乃明朝第一位状元),赐其冠带袍笏,授礼部员外郎,有《荣进集》四卷行于世。其诗文显有崇今抑古之倾向。崇今抑古者何? 鼓吹大明王朝及称颂朱元璋也。其有云:

夫自国初以来,凡士士之仕者,或以贤良选,或以草莱进,拔茅彙征靡有遗焉者,用贤之广,前古未之有也。(《荣进集·送长山徐县丞序》)

兹列举吴氏几首小诗如次,亦足可以斑窥豹者也:

翡翠帘垂白玉钩
九天阊阖彩云流
圣明思得千人彦
黎庶欣无半点愁
沧海不波鲸偃伏
甫田多稼鹊喧啾
华夷正值升平运
锡福均沾九五畴（《寄奉左布政》）

政肃乌台显令名
冰壶秋水一轮清
绣衣到处群黎化
骢马过时万物荣
四海风生春霭霭
九霄云静月明明
唐虞盛世逢今日
从此苍生乐太平（《寄奉按察司廉访使》）

南北京华一道通
圣皇幸寓大明宫
虎贲外卫威如虎
龙仗前驱队若龙

天语奉行安众庶
风声振布荡群凶
今逢盛世文明会
四海车书混一同(《咏大驾幸京》)

“华夷正值升平运”,“唐虞盛世逢今日”,“今逢盛世文明会”,吴氏之诗,真可谓竭尽吹捧阿谀之能事也。如此“雍雅”之作,几与朱元璋后期诗作无异耳,又焉能不博得朱元璋格外之青睐与赏识耶?青睐与赏识之下,“台阁”诗风隐隐掠入大明诗坛也:

(刘崧)大底以清和婉约之音,提导后进,迨杨士奇等嗣起,复变为台阁博大之体。(《四库全书总目提要》评语)

其诗文皆雍容典雅,有开国之规模,明一代台阁之体,胚胎于此。(《四库全书总目提要》评《荣进集》语)

可以说,明朝永乐、弘治年间出现的领导诗坛三四十年、影响诗坛百余年的“三杨”(杨士奇、杨荣、杨溥)“台阁体”其实即肇始于此。非肇始于刘崧、吴伯宗之辈也,实肇始于朱元璋之后期诗作也。“台阁体”者何?其号称“辞气安闲、雍容华贵”,实则乃平庸乏味,技巧也略无可取之处,内容更以歌功颂德、粉饰太平为主。此与朱元璋后期诗作俨然无异也。这里不妨例举“三杨”中之大佬杨士奇的两首小诗一观:

霜红碧树被岩阿
流水青山喜再过
田事总知今岁好
人烟况比昔年多
彩云飞盖随雕辇
白玉行尊载紫驼
圣主时平此巡省
会闻游豫出讴歌(《怀来应制》)

碧山翠海帝王州
凤盖霓旌护冕疏
何幸升平无事日
衣冠只从六龙游(《侍从海子飞放应制》)

明人王世贞曾如此评论杨士奇之诗云:“少师韵语妥协,声度和平,如潦倒书生,虽复酬作驯雅,无复生气。”(明·沈节甫《纪录汇编》卷一二〇《明诗评》)“无复生气”者,焉能曰诗乎?清人沈德潜亦有云:“永乐以还,尚台阁体。诸大老(指三杨)倡之,众人靡然和之,相习成风,而真诗渐亡矣。”(《明诗别裁集》)然而,虽“真诗渐亡矣”,但朱元璋力求转变诗风、改变诗坛的愿望至此便算是真正实现了。换言之,“台阁体”的出现,标志着朱元璋彻底地实现了其生前理想中的对士风和诗风的全面把握。

“台阁体”之后，出现了以李东阳为代表的“茶陵诗派”，以图荡涤“台阁体”平正醇实的诗风。他们主性情，反模拟，推崇李杜，不拘一格，强调所谓对诗文独立审美精神的追求，并且重视诗歌的声调、节奏、法度和用字，图以不同的风格代替台阁之体。时李东阳官居相位，又主持文坛，故门生众多，其诗论和诗风亦堪称一代之盛，然因李东阳生活圈子平静而狭小，思想亦很贫乏，“历官馆阁，四十年不出国门”（钱谦益《列朝诗集小传》），其诗又多是题赠和咏史之作，内容大体不出宫廷和馆阁之生活，诸如“坐拥图书消暇日，梦随冠盖入新年”（《费司业廷言留饮题壁》）、“忧国只祗书卷里，放朝长忆漏声中”（《立秋雨不止再和师台》）之类，故使茶陵诗风亦与台阁之体实无本质区别也。

弘治、正德年间（1488—1521）出现了以李梦阳、何景明、徐祯卿等为代表的“前七子”诗派，该派怀着强烈的改造文风之历史使命登上明朝诗坛，然最终却走上了一条以复古为革新的老套之路。李梦阳在复古模拟上坚持主张“刻意古范”，句模字拟，逼肖前人。何景明有所不同，思想较灵活，主张对古人作品要“领会神情”、“不仿形迹”，以达到“达岸舍筏”的目的，实则与李氏同路也。徐祯卿江左流风犹存，所撰诗话《谈艺录》提出“因情立格”之说，虽有些新颖，其实亦不过为复古派提供了一个学习汉魏古诗的基本途径已而。换言之，前七子的文学主张在当时虽然具有一定的现实意义，却由于其过分强调复古，文学的创造性显得十分不足，有的甚至沦为“高处是古人影子耳，其下者已落近代之口”（李梦阳《驳何氏论文书》），几无新意耳。

嘉靖、隆庆年间(1522—1566)出现了以李攀龙、王世贞等为代表的“后七子”诗派,该派继承前七子的文学主张,同样强调“文必秦汉,诗必盛唐”,从而把明代诗坛的复古倾向推向了高潮。他们较之前七子更加墨守成规,认为古人之文已有成法,今人作文只要“琢字成辞,属辞成篇,以求当于古之作者而已”(王世贞《李于麟先生传》),亦只需一味模拟古人则可也,且该派武断地认为散文自西汉以后、诗歌从盛唐以后,都不值一读:“文自西京,诗自天宝而下,俱无足观,于本朝独推李梦阳。”(《明史·李攀龙传》)从而把明代诗歌复古运动引到了极端。加之李氏、王氏诸人才气不足,生活亦不厚,故而“后七子”之诗不仅常有重复雷同之状,且亦无出“前七子”之右也。

明后期诗坛,出现了以“三袁”(袁宗道、袁宏道、袁中道)为代表的“公安派”,该派主张诗歌要“独抒性灵,不拘格套”,发前人之所未发。“三袁”所秉持的文学主张与前、后七子拟古主义论调针锋相对,曾一针见血地指出复古派的病源“不在模拟,而在无识”(袁宗道《论文》)。他们提出了“世道既变,文亦因之,今之不必模古者也,亦势也”(袁宏道《与江进之尺牍》)的文学发展观,然实际上,袁氏诸人在现实生活中却有意消极避世,诗作多描写身边琐事或自然景物,缺乏深厚的社会内容,因而诗歌创作题材愈来愈狭窄,几无出路可投也。其仿效者更是“冲口而出,不复检点”,“为俚语,为纤巧,为莽荡”,以至“狂瞽交扇,鄙俚大行”(钱谦益《列朝诗集小传》),几无美感可言也。设若客观而言之,公安派直抒胸臆、不事雕琢之举,于晚明小品文多有助益,然于明诗则实无大益也。

明代晚期还曾出现过以钟惺、谭元春等为代表的“竟陵派”，该派本质上与“公安派”的诗论主张大同小异，亦与李贽的“童心说”略同也，惟以为“公安派”作品俚俗而浮浅，因而倡导一种“幽深孤峭”的风格加以匡救：“真诗者，精神所为也。察其幽情单绪，孤行静寄于渲染之中，而乃以其虚怀定力，独往冥游于寥廓之外。”（钟惺《诗归序》）如钟惺《宿乌龙潭》诗有云：“渊静息群有，孤月无声入。冥漠抱天光，吾见晦明一。寒影何默然，守此如恐失。空翠润飞潜，中宵万象湿。损益难致思，徒然勤风日。吁嗟灵昧前，钦哉久行立。”该诗以奇僻险怪之语刻意渲染幽寂、凄凉与峻寒之感，难怪乎钱谦益曾有此评语云：“其所谓深幽孤峭者，如木客之清吟，如幽独君之冥语，如梦而入鼠穴，如幻而之鬼国。”《列朝诗集小传·丁集中》“冥语”也，“鼠穴”也，“鬼国”也，焉能美也哉？“竟陵派”与“公安派”实则殊途同归者也。

或以为，判别一种文学作品是否达到了较高的艺术水准，主要是从两个方面来考量，一是对现实的反应是否深广，二是可否达到了很高的审美境界。此论甚是有理。据于此，有学者认为“明诗史实际上存在着与复古诗派平行的另一条线索”，这条线索叫做“性灵诗派”，并明确指出：“明代性灵诗学思想由中期的陈献章和王阳明所提出，经过徐渭、李贽和汤显祖的演变过渡，到‘公安派’与‘竟陵派’完全成熟。其明显标志便是提出了真与趣的审美理念，袁宏道的《叙陈正甫会心集》说：‘世人所难得者唯趣。趣如山上之色，水中之味，花中之光，女中之态，虽善说者不能下一语，唯会心者知之。’”（左东岭《20 世纪明代诗歌研究综论》刊于《华中师范大学学报》2013 年第 1 期）左先生乃明代诗歌史学研究领域中的大家，所言不仅精辟新颖，亦自然有理有据，只是以笔者看来，明代复古诗派也好，明代性灵诗派也罢，二者在本质上亦并无二致也，既未能很深广的反应现实，亦未能达到很高的审美境界，惟复古诗派一味粉饰古人，性灵诗派一味粉饰自己耳，此与朱元璋一味粉饰现实之后期诗作又有何本质区别耶？亦“同归而殊途，一致而百虑”也(《周易·系辞下》)。

要之，“台阁体”之后的明朝诗坛，除却明朝末年的“云间派”（以陈子龙、夏完淳为杰出代表，诗歌抒陈爱国抱负，诗风慷慨悲壮；云间派主要成员同时善于填词，所成派别被后人称为“云间词派”，此为中国历史上第一个真正的词派，影响清初词坛数十年，为“清词中兴”拉开了序幕）之外，尽管看上去诗人辈出、流派纷呈，煞是热闹非凡，实则“诗必盛唐”也好、“独抒性灵”也罢，都基本与社会现实无涉，都明显割裂了诗歌与生活的基本关系，亦都很难达到较高的审美艺术层次，惟“大者摹拟篇章，小者剽剥字句”（明·于慎行《朱光禄集序》），实际上都未能摆脱朱元璋后期诗作的影响，都“无非重新证实一遍挣扎的徒劳与无益而已”（闻一多语），以至于“骚坛之士，试为拍弄。才为句掩，趣因理湮，体段虽存，鲜能当行”（明·钱允治《国朝诗余序》），所以明朝诗坛整体成就衰微也就是顺理成章的事情了。清人朱彝尊在其《静志居诗话》中有云：“孝陵（朱元璋葬于孝陵）不以‘马上治天下’，云雨贤才，天地大文，形诸篇翰……而三百年诗教之盛，遂超轶前代矣。”朱氏此言可谓差矣，亦谬矣。不过，如果把“诗教之盛”中的“盛”字改为“衰”字，则朱彝尊的这句评语倒也十分地精当。从这个意义上说，朱元璋的后期诗作，不仅直接左右和控制了明初及明朝前期诗坛，也笼罩乃至影响了整个明朝诗坛。加之朱元璋处心积虑地实行空前的“文字狱”等文化专制和思想专制政策，整个明朝诗坛便一直都在偏离现实、偏离审美的轨道上谨小慎微、如履薄冰的运转和运行着。如此运转，如此运行，明诗又岂能不衰乎？

综之，我们完全可以说，朱元璋的处心积虑，乃是明诗衰落的最根本原因。

后 记

诗歌无疑是中国古代封建社会中最为正统的文学样式。虽不同时代的诗歌艺术水准和文学价值自有高下之别,然历朝历代文人雅士于诗歌一业略可谓乐此不疲也。影响一个时代诗歌水准和价值的因素众多而又复杂,政治的、经济的,社会的、个人的,还有文学自身发展的逻辑和规律等等。例如明代,除却本小书所罗列的四大原因之外,明朝(尤其是明朝中后期)商品经济的蓬勃发展,明朝(特别是明朝中后期)宦官政治的畸形凸显,包括中国古代文学自宋金以降已由抒情向叙事转变之本身发展逻辑等,亦皆为明朝诗坛衰微、明诗成就衰落的不可忽视之诸多因素耳。虽此诸多因素与本小书所列四大原因未免存有轻重之分,然本小书所述之由、所论之据亦难免挂一漏万之嫌也。此后记者一。

自序中曾有述,明朝诗坛衰落、明诗成就低微,乃是就整体而言之,明代自亦有优秀诗人或优秀诗作"可取者存焉"。兹以小绝为例。于谦之《石灰吟》、王冕之《墨梅图题诗》等一干后人耳熟能详的自言励志小诗自不必论,他人他作亦实有可观者也。譬如王恭《春燕》一绝云:"春风一夜到衡阳,楚水燕山万里长。莫道春来便归去,江南虽好是他乡。"不言其他,惟该诗反常构思之别致亦可谓诗林一绝也。再如杨士奇《发淮安》一诗云:"岸蓼疏红水荇青，茨菰花白小如萍。双鬟短袖惭人见，背立船头自采菱。”亦不言其他，止该诗末尾一句所溢露出的羞情怯意，岂输于唐人唐诗乎？此后记者二。

自序中亦有云，“前贤及时贤于此多有思焉”，诚哉斯言！若是没有诸贤于明诗研究领域之诸多贡献，本小书欲付之梨枣亦殊难矣。是故于小书之后特将诸贤相关大作敬录之，一为感谢，二为备忘。另，本小书虽号为“四论”，只为叙述方便已而，实为“政治”与“文学”二论耳，“兴象”而外，凡“统治者群体昏聩”、“科举制度极端僵化”、“朱元璋处心积虑”三者悉为“政治”之论也。盖专制之下，政治其能左右文学之发展走向、决定文学之成就高下乎？敢请时贤及读者方家不吝赐教者也。此后记者三。

邹祖尧

2013 年 11 月于自消斋

参考资料

(1)郑振铎:插图本中国文学史.北京工业大学出版社.2009年6月版

(2)吴　晗.朱元璋传.百花文艺出版社.2000年8月版

(3)朱元璋.明太祖文集.上海古籍出版社.1991年影印四库全书本

(4)朱彝尊.静志居诗话.人民文学出版社.1990年10月版

(5)张廷玉.明史.中华书局.1974年4月版

(6)韩湖初.陈良运.古代文论名篇选读.中国书籍出版社.1998年7月版

(7)乔　力.明诗三百首译析.吉林文史出版社.1993年12月版

(8)杜若明.诗经.华夏出版社.1998年1月版

(9)钱谦益.列朝诗集小传.上海古籍出版社.2008年5月版

(10)元明清诗鉴赏辞典.上海辞书出版社.1994年12月版

(11)金元明清诗词曲鉴赏辞典.光明日报出版社.1990年8月版

(12)羊春秋.重估明代诗歌的价值.中国韵文学刊.1994年第2期

(13)张泽洪.道教斋醮史上的青词.世界宗教研究.2005年第2期

(14)郭万金.关于明诗.文学评论.2005年第4期

(15)左东岭.20世纪明代诗歌研究综论.华中师范大学学报.2013年第1期

(16)陈晓清.混沌学视野中“一代又一代之文学”话语.铜仁学院学报.2012年第2期

(17)刘秀红.论明宣宗的诗歌创作及其艺术特色.湖南医科大学学报.2008年第3期

(18)张利群.“质文代变”的理论内涵及批评学意义.贵州大学学报.2002年第6期

(19)马　洁.文变染乎世情.兴废系乎时序.中南民族大学学报.2007年第2期

(20)朱述超.略论《文心雕龙·时序》的文学史书写.榆林学院学报.2010年第1期

(21)胡希东.政治主流意识形态与文学兴衰发展.江西社会科学.2008年第8期

(22)彭民权.论刘勰的文学史书写.山西师大学报.2008年第5期

(23)伍长清.试论《文心雕龙·时序》中统治者对文学发展的影响.新西部.2007年第16期

(24)王舒平.清朝统治者对唐诗的引导性传播.文学与艺术.2010年第1期

(25)胡叶妮. 武则天时期文学思想的变化. 安徽文学. 2012年第8期

(26)吴　琦. 赵秀丽. 明代皇帝及储君教育的缺失. 淮阴师范学院学报. 2007年第6期

(27)赵连稳. 宋正鑫. 明代皇帝视学初探. 北京联合大学学报. 2011年第4期

(28)赵秀丽. 明代皇帝的群体特征. 三峡大学学报. 2008年第6期

(29)赵秀丽. 论明代皇帝两极化性格特征的成因及影响. 商丘师范学院学. 2009年第10期

(30)晁中辰. 明朝皇帝的崇道之风. 文史哲. 2004年第5期

(31)赵秀丽. 马建平. 明朝皇帝政治作为的影响因素. 学术论坛. 2010年第7期

(32)赵红菊. 略论南朝帝王与文学的繁荣. 内蒙古大学学报. 2009年第3期

(33)彭　军. 帝王与文学关系之典范. 湖北师范学院学报. 2010年第4期

(34)郭艳华. 帝王与文学关系的新开拓. 广西师范学院学报. 2009年第3期

(35)傅承洲. 明代文人对民歌的认识. 苏州大学学报. 2006年第4期

(36)高志忠. 魏中林. 宦官政治与明代文学的演进. 北方论丛. 2012年第4期

(37)翟　勇. 明代诗文的功利化趋势. 湖北民族学院学报. 2010年第5期

(38)李玉栓. 明代文人结社兴盛的政治因素. 安徽师范大学学报. 2012年第1期

(39)郭万金. 八股冲击下的明诗位移. 晋阳学刊. 2012年第1期

(40)龚笃清. 试述明代前期八股文对文学的影响. 中国文学研究. 2005年第1期

(41)林　红. 李晓梅. 明代八股时文与文学的融通. 长春大学学报. 2007年第3期

(42)林　红. 柳　克. 明代八股文对文人创作的背离. 长春大学学报. 2006年第4期

(43)赵伯陶. 明清八股取士与文学及士人心态. 深圳大学学报. 2009年第1期

(44)郭万金. 明代科举格局与士人出处. 晋中学院学报. 2012年第1期

(45)谢谦. 论明末文人阮大铖的堕落. 四川师范大学学报. 2003年第6期

(46)何玉军. 明代科举与诗歌. 苏州大学. 2004届硕士学位论文

(47)胡　平. 张　逸. 浅析八股文的特征及其功能. 周口师范学院学报. 2012年第6期

(48)惠　鹏. 论八股文之雏形在宋代的发展历程. 邢台学院

学报. 2011 年第 1 期

(49)高明扬. 科举八股文起源论述评. 玉溪师范学院学报. 2010 年第 2 期

(50)黄　强. 八股文是朱元璋和刘基所定的吗. 江淮论坛. 2005 年第 6 期

(51)宋俊玲. 袁宏道与八股文. 江汉论坛. 2004 年第 3 期

(52)古　耜. 鲁迅与八股文. 文学界. 2010 年第 11 期

(53)孙学堂. 谢榛改唐诗综论. 文艺理论研究. 2008 年第 5 期

(54)莫砺锋. 论后人对唐诗名篇的删改. 文学遗产. 2007 年第 2 期

(55)孙学堂. 谢榛与盛中唐诗. 首都师范大学学报. 2010 年第 3 期

(56)邓　程. 兴:中国诗真正的奥秘. 海南大学学报. 2003 年第 2 期

(57)邓　程. 明清诗歌衰落的根本原因. 山东大学学报. 2004 年第 1 期

(58)栾英良. 从“各适物宜”到“兴象”. 社会科学战线. 2006 年第 5 期

(59)王泽龙. 中国现代诗歌与古代诗歌意象艺术略论. 文学评论. 2005 年第 3 期

(60)张利群. 中国古代意象的发生和表现及其理论构成意义. 惠州学院学报. 2004 年第 5 期

(61)胡建次. 中国古代诗歌意象批评的发展及其特征. 山东

师范大学学报. 2005 年第 3 期

(62)张正线. 论中国古典诗歌中的意境与意象. 九江学院学报. 2013 年第 1 期

(63)陈伯海. 古典诗歌意象艺术的若干思考. 社会科学. 2012 年第 7 期

(64)林　玲. 中国古典诗歌的审美意象. 湖北广播电视大学学报. 2012 年第 5 期

(65)贾　军. 汉字意象思维特征与古典诗歌审美意象的关系. 阴山学刊. 2007 年第 5 期

(66)覃俏丽. 浅谈古典诗歌中的意象与意境. 南方论刊. 2007 年第 2 期

(67)段全林. 李白是古典诗歌比兴意象的集大成者. 中州学刊. 2005 年第 5 期

(68)胡　敏. 论中国古典诗歌情景交融的意象美. 江西社会科学. 2003 年第 4 期

(69)葛侃明. 神会于物 情融于景. 陕西广播电视大学学报. 2002 年第 3 期

(70)孙春旻. 论古典诗词意象的因袭. 郑州大学学报. 2001 年第 4 期

(71)肖兆权. 刘具兴. 意象:中国古典诗歌的审美埋想. 湖北广播电视大学学报. 2000 年第 2 期

(72)屈　光. 中国古典诗歌意象论. 中国社会科学. 2002 年第 3 期

(73)张　晶.“兴象”的审美特征.解放军艺术学院学报.2011年第3期

(74)黄　琪.殷 璠.《河岳英灵集》“兴象”概念论析.重庆师范大学学报.2012年第2期

(75)卿光华.兴象说源流论.和田师范专科学校学报.2012年第4期

(76)高林广.从《河岳英灵集》看盛唐诗歌.阴山学刊.1998年第4期

(77)郭外岑.释“兴象”.社会科学.1983年第1期

(78)谌兆麟.论“兴象”.湖南师范大学学报.2001年第4期

(79)孙定辉.从兴象到意境.渝州大学学报.2001年第6期

(80)刘　勉.从“兴象”到“兴趣”.荆州师范学院学报.2002年第1期

(81)余　松.中国诗学“兴象”论.云南师范大学学报.2003年第4期

(82)张佳音.“体格声调”与“兴象风神”的兼容共生——论胡应麟的诗学观念.殷都学刊.2004年第1期

(83)任树民.殷璠“兴象”说再评价.许昌学院学报.2007年第1期

(84)范精伟.诗学“兴象”述论.乐山师范学院学报.2008年第2期

(85)赵国乾.中国古代诗学“兴象”论.南京晓庄学院学报.2008年第5期

(86)王顺贵. 唐代诗学“兴象”论发覆. 青海社会科学. 2008年第6期

(87)黄定成. 明清时期的神韵派与兴象论. 和田师范专科学校学报. 2008年第5期

(88)杨　明. “兴象”释义. 中山大学学报. 2009年第2期

(89)陈清云. 文学活动过程中的比兴观. 宝鸡文理学院学报. 2012年第3期

(90)张倩玉. “兴”在诗作中的结构意义. 佛山科学技术学院学报. 2012年第6期

(91)张丽君. “赋比兴”管窥. 南京师范大学文学院学报. 2013年第2期

(92)李红萍. 刘勰与汉儒比兴观异同. 南昌高专学报. 2011年第6期

(93)董庆保. 文学活动过程中的比兴观述评. 玉溪师范学院学报. 2011年第10期

(94)罗英侠.《诗集传》对赋比兴艺术手法的阐述. 河南科技大学学报. 2011年第5期

(95)郭前孔. 明清时期赋比兴表现手法的探讨. 理论学刊. 2012年第4期

(96)周啸天. 再论比兴. 绵阳师范学院学报. 2012年第4期

(97)李元芝. 赋比兴新探. 新课程研究. 2011年第6期

(98)冷卫国. 对中国古代诗学的发生学追问. 辽东学院学报. 2011年第5期

(99)胡晓军. 显与隐:宋代《诗》学论比兴. 重庆科技学院学报. 2010 年第 10 期

(100)龙　锐. "比"、"兴"与"比兴". 剑南文学. 2010 年第 7 期

(101)金必成. 唐人论比兴与《河岳英灵集》选诗. 剑南文学. 2010 年第 7 期

(102)杨　允. 郑玄对"比兴"论的阐释与发展. 社会科学战线. 2011 年第 1 期

(103)宁智锋. "比兴"阐释演变论. 求索. 2011 年第 11 期

(104)杨满仁. "比兴"辨略. 文艺评论. 2011 年第 4 期

(105)柳　杨. 比兴:两种特殊的想像活动. 湖北经济学院学报. 2006 年第 2 期

(106)杨金花. 韩田鹿. 论孔颖达的比兴观. 河南大学学报. 2006 年第 2 期

(107)赵树功. 六朝"兴"亡说辩证. 宁波大学学报. 2006 年第 3 期

(108)陈英姿. 沈芳. 比较分析《毛传郑笺》与《诗集传》对比兴认识的歧异. 乐山师范学院学报. 2006 年第 7 期

(109)李秀梅.《诗经》"比"、"兴"说. 湘潭师范学院学报. 2006 年第 6 期

(110)鲁洪生. 朱自清对赋、比、兴的研究. 学术论坛. 2006 年第 11 期

(111)徐中原. 浅论先秦至唐比兴之嬗变. 山东师范大学学

报.2007年第2期

(112)陈海燕.成嫩生.刘瑾对朱熹诗经学中赋比兴与淫诗说问题的阐发.内江师范学院学报.2008年第1期

(113)毛宣国.《毛诗》“比兴”说《诗》刍议.云梦学刊.2008年第4期

(114)张仲裁.比兴阐释述论:从《诗》之六义到词学纲领.小说评论.2008年第5期

(115)邓莹辉.宋人罕言比兴论.求索.2010年第11期

(116)王问靖.“兴”法八面比较论.船山学刊.2005年第4期

(117)李秀梅.《诗经》“赋比兴”的五种阐释.衡阳师范学院学报.2005年第4期

(118)曾庆雨.高启与明代诗歌.云南民族大学学报.2008年第1期

(119)魏宏远.论王世贞明诗文流变观.兰州学刊.2008年第1期

(120)董　林.王夫之与明代诗歌.船山学刊.2006年第2期

(121)孙　展.袁宏道:一个晚明士人的生活转轨.看历史.2009年第9期

(122)索宝祥.论宋濂的颂圣文学.文学遗产.2001年第3期

(123)陈文新.江俊伟.论明代“御用文人”的文学活动.齐鲁学刊.2013年第2期

(124)妥建清.论晚明士人自放生活的颓废审美风格.甘肃社会科学.2012年第5期

（125）何坤翁. 朱元璋对台阁体形成的基础作用. 哈尔滨工业大学学报. 2011 年第 4 期

（126）陈昌云. 朱元璋与元末明初文风嬗变. 北方论丛. 2013 年第 1 期

（127）陈谷嘉. 朱元璋与明初理学. 井冈山大学学报. 2012 年第 2 期

（128）贾继用. 朱元璋的待士与洪武年间的文人政策. 菏泽学院学报. 2010 年第 6 期

（129）余敏娟. 试析朱元璋文化专制政策. 台州学院学报. 2007 年第 2 期

（130）张敏杰. 论刘勰的文学史观. 文艺理论研究. 2005 年第 2 期

（131）高寿仙. 朱元璋的滥杀心理及其影响初探. 第六届明史国际学术讨论会论. 1995 年

（132）梁镇恒. 朱元璋的功过剖析. 中共山西省委党校学报. 2009 年第 1 期

（133）刘锦涛. 试论朱元璋的社会控制思想. 商业时代. 2009 年第 25 期

（134）朱炳旭. 朱元璋的豪放诗. 春秋. 2000 年第 4 期

（135）李志坚. 明太祖与洪武士人关系新论. 商丘职业技术学院学报. 2003 年第 4 期

（136）沈　燕. 朱元璋的儒教思想及政策. 安徽电气工程职业技术学院学报. 2011 年第 2 期

(137)展　龙. 论朱元璋的人才观及其实践. 华北水利水电学院学报. 2011 年第 4 期

(138)左东岭. 明代诗歌研究的几个问题. 文学遗产. 2011 年第 3 期

(139)程志强. 明太祖的三教思想、政策及其影响. 史林. 2002 年第 1 期

(140) 史礼心. 经世治国诗尚粗豪——谈谈明太祖朱元璋的诗歌创作. 北方工业大学学报. 1993 年第 4 期

(141) 李婷婷. 明初政治与文人心态及文学演变. 西南大学 2011 年硕士论文

(142) 王　郁. 试论明太祖取消文人仕隐自由及其影响. 安徽文学. 2009 年第 5 期

(143) 常　成. 吴晗先生对朱元璋加强专制主义中央集权的研究及其影响. 西昌学院学报. 2009 年第 3 期

(144) 付明明. 明初侍御文学研究. 江西师范大学 2002 年硕士论文

(145) 王　郁. 从《明太祖文集》看朱元璋与明初文坛走向. 中南大学 2009 年硕士论文

(146) 张筱南. 简论元末明初士风转变对诗文创作的影响. 湖北广播电视大学学报. 2005 年第 2 期

(147) 饶龙隼. 明初诗文的走向. 江西师范大学学报. 2001 年第 2 期

(148) 谢贵安. 试述《明太祖文集》对朱元璋形象的塑造. 学

术研究. 2010 年第 5 期

（149）张德信. 朱元璋诗文刍论. 北方论丛. 1996 年第 4 期

（150）张德信. 论朱元璋对传统文化的认识与理解. 史学集刊. 1995 年第 3 期

（151）李绚丽. 略论嘉庆朝文字狱政策终止的文化意义. 教育文化论坛. 2013 年第 3 期

（152）邹祖尧. 从李贽的“童心说”看朱元璋的诗歌创作. 江淮论坛. 2012 年第 3 期

（153）邹祖尧. 朱元璋后期诗作对明朝诗坛的影响. 学术界. 2012 年第 5 期

图书在版编目(CIP)数据

明诗衰落原因述论/邹祖尧著.—合肥:黄山书社,2015.2
ISBN 978-7-5461-4934-9

Ⅰ.①明… Ⅱ.①邹… Ⅲ.①古典诗歌-诗歌研究-中国-明代 Ⅳ.①I207.22

中国版本图书馆 CIP 数据核字(2015)第 028498 号

明诗衰落原因述论 邹祖尧 著

责任编辑 朱莉莉
责任印制 李 磊
装帧设计 王路漫

出版发行 时代出版传媒股份有限公司(http://www.pressmart.com)
黄山书社(http://www.hsbook.cn)
官方直营书店(http://hsssbook.taobao.com)
(合肥市政务文化新区翡翠路 1118 号出版传媒广场 7 层 邮编:230071)
经 销 新华书店 营销部电话:0551-63533788 63533768
印 制 三河市同力彩印有限公司 0316-3531266

开本 880×1230 1/32 印张 8.25 字数 180 千
版次 2015 年 2 月第 1 版 2023年 6 月第 3 次印刷
书号 ISBN 978-7-5461-4934-9/01 定价 49.80 元